KB273372

김태웅 희곡집 4 부정

공연예술신서 · 67

김태웅 희곡집 4

부정

평민사

차 례

머리말

어머니, 낙지

어머니 火葬하고

곱게 빻은 유골가루

樹木葬한다고

朱木 밑에 뿌리고

딸아이가 쓴 편지

비닐 팩에 담아

같이 묻었지

4년 지나 어머니 忌日에

파보니 종이만 남고

말들은, 글씨는

간 곳이 없다

廟院의 꽃들도

말에 기대어 피는 것인지

깃털같은 내 어깨를 도닥인다

“아가, 이제 니가 엄마해야 꼭 그래야만 하는구면”
돌아온 학교 제자들이
딸같이 아들같이 웃고 있다
이 유구한 반복이 유언일까
새벽까지 술 푸고 궁상스레
마주한 밥상머리
끓는 냄비 속으로
산낙지가 꿈틀거리며 沈沒한다

어머니 가시고 어머니를 찾았다. 이제 어머니를 보내 드려야 할 것 같다. 그러고 보니 어머니 때문에 쓴 작품들이 이번 희곡집에 묶이는 모양새다.

　‘둥근 해가 떴습니다’는 2012년 대학로 극장에서 공연된 후에 정리된 대본이다. 연극과 죽음을 다루는 독백 가운데 하나는 배우 김리나가 써 온 독백을 다듬어 실었다. 공연 중 나온 즉흥대사도 일부 첨가했다.

‘산 넘고 물 건너’는 만해마을에서 어머니와 딸아이를 생각하며 쓴 작품이다.

‘반성’은 2007년 씨아터디아터 극장에서 공연된 후 정리된 대본이다. 공연되기 전에 희곡집 2에 실렸던 작품인데, 이번 희곡집에는 공연된 후의 대본으로 같이 묶는다.

어머니를 만나러 떠나는 길에서 새로이 만난 어머니들에게 이 작품을 바친다.

“어머니, 어머니를 잉태하고 싶어요.”

부정(否定)

무대 : 빈 무대

　　　　달랑 의자 하나

　　　　의자 옆에 냄비 하나

　　　　멀리서 아련히 들려오는 개 짖는 소리

　　　　조명이 들어오면 의자에 앉아 있는

　　　　기타리스트, 기타를 치며 이야기를

　　　　시작한다.

등장인물 : Guitarist

조명이 들어오면 의자에 앉아 있는 기타리스트, 기타를 치며 이야기를 시작한다.

Guitarist 누나가 춤바람이 났었습니다. 누나는 여상 야간에 다녔습니다. 그렇고 그런 면면의 기집들이 학교가 파하면 변두리 허름한 나이트클럽에 찾아 들었던 것입니다. 늦은 귀가에 의심을 품던 아버지는 어느 날 누나에게 자백을 받아내곤 종아리가 터져 피떡이 되도록, 반죽음이 되도록 누나를 때렸습니다. 누나가 드러누웠습니다. 며칠을 누나는 걷지도 못했습니다. 몸이 기력을 되찾아도 학교에 갈 수 없었던 누나는 당시 유행하던 댄스 음악을 들으며 마루에 앉아서 어깨만 들썩였습니다. 그렇게 며칠이 지나고 아버지는 개 한 마리를 구해 오셨습니다. 바둑이였습니다. 누나는 바둑이를 안고 뒹굴며 입맞춤까지 하며 좋아했습니다. 나는 그때 처음으로 개도 춤을 춘다는 것을 알았습니다. 나는 개가 싫었습니다. 나는 개가 파고 들어오는 게 싫었습니다. 나는 간혹 바둑이가 방으로 기어들어오면 발로 걷어차기까지 했습니다. 그런 날이면 누나와 나는 심하게 싸워야 했습니다. 며칠 후 옆집 살던 목사가 우리 집을 방문했습니다. 바둑이 짖는 소리 때문에 밤잠을 설친다는 어긋난 말씀을 남기고 목사는 돌아갔습니다. 그 말씀은 정말 어긋난 말씀이었습니다. 그리고 아버지는 독실한 기독교인이었습니다. 아버지는 어긋나게도 바둑이를 같은 동네 사는 어느 신도에게 넘겼습니다. 누나는 어느 신도 손에 끌려가는 바둑이를 쳐다보며 할 말을 찾지 못했습니다. 하루가 지났습니다. 바둑이가 우리 집을 찾아 돌아왔습니다. 누나가 웃었습니다. 아버지는 바둑이를 돌려보냈습니다. 다음날 바둑이가 또 돌아왔습니다. 누나가 울었습니다. 이쯤 되자 누나 품에 안긴 바둑이를 아버지도 어쩔 수가 없었습니다. 무슨 생각을 했는지 아버지는 바둑이를 돌려보내지 않았습니다. 다음날 목사가 왔다 갔습니다. 아버지는 역시 바둑이를 누나에게서 떼어내어 옆 동네 사는 어느 신도에게 넘겼습니다. 그러나 번번이 바둑이는 돌아왔고 바둑이가 돌아올 때면 누나는 구세주를 만난 듯이 기뻐했습니다. 바둑이가 조치원으로 보내지기 전날 목사가 우리 집을 방문했습니다. 단지 그는 개와 아버지를 쳐다보고 돌아갔을 뿐입니다. 아버지는 누나와 바둑이를 한참 쳐다보다 방으로 들어갔습니다. 다음날 바둑이는 조치원에 있는 삼촌집에 보내졌습니다. 누나는 그날 이후 물만 먹었습니다. 일주일이 지나고 조치원에서 집으로 전화가 왔습니다. 바둑이가 아무것도 안 먹는다고. 아버지는 전화를 끊고 조치원으로 향했습니다. 아버지는 바둑이를 데리고 왔습니다. 누나는 바둑이를 반겼지만 바둑이는 누나가 주는 죽을 계속 토해만 냈습니다. 아버지는 어머니를 시켜 큰 솥에 물을 얹으라고 하시곤 바둑이를 데리고 집을 나섰습니다. 우리는 그날 저녁 상에 둘러앉아 무언가를 마주해야 했습니다. 아버지는 말없이 무언가를 한 그릇 다 비우셨습니다. 누나는 숟가락을 들지도 못하고 덜덜 떨기만 했습니다. 나는 올라오는 토악질을 주체할 수 없었고 내가 속을 비우고 돌아왔을 때 누나는 무언가를 꾸역꾸역 먹고 있었습니다. 드디어 우리 누나가, 누나가 무언가 먹기를 시작했던 것입니다. 아버지는 어머니를 시켜 무언가를 한 그릇 가져오게 했습니다. 아버지는 무언가가 담긴 그릇을 나에게 넘기며 말했다. "목사님 갖다 드려라."

기타리스트, 기타를 내려놓고 옆에 있던 냄비 뚜껑을 열고 무언가를 먹는다.

멀리서 아련히 들려오는 개 짖는 소리.

끝.

산 넘고 물 건너

덧뵈기면 덧뵈기로
그림재면 그림재로
꼭두면 꼭두로
이야기면 이야기로
놀이면 놀이로
노래면 노래로
사위면 사위로
너 거기 그렇게

1장. 엄마 넘어가네

이야기꾼　옛날 옛날 한 옛날

　　　　　호랑이도 담배 피고

　　　　　꽃들도 말을 하고

　　　　　풀들도 노래하는 바로 그 옛날

　　　　　달래 달래 진달래보다 어여쁘고

　　　　　나리 나리 개나리보다 산드러진

　　　　　초롱초롱 초롱꽃보다 영롱한

　　　　　아해 하나 살았네

　　　　　전쟁 중에 남편 잃은 아해 엄마

　　　　　시름시름 앓던

　　　　　아해 엄마

　　　　　아해 하나 남겨 놓고

　　　　　꽃상여에 실려 가네

　　　　　산 넘고 물 건너

　　　　　아해 엄마 어디 가나

어미의 꽃상여, 산 넘고 물을 건너고 들을 질러간다.

상두꾼들 상여를 매고 그림처럼 지나간다.

동구 밖 행렬들이 노을에 물든다.

훨훨 나비 날 듯

뜬구름 타며

실바람 타며

꽃상여를 장식하는 나무 꼭두들이 등장해서 동행한다.

동방삭이

악사

광대들

남자, 여자

시종

동자, 동녀

선비

공양여인들

호위무사들

남녀노소

봉황새

학

닭

꽃

구름

호랑이 타고 있는 저승사자

용을 타고 있는 물림도령

상여소리 넘어가네 넘어가네

건너가네 건너가네

질러가네 질러가네

예쁜 아해 어쩔거나

설운 아해 어쩔거나

만장도 없이

선소리꾼 요령 따라

긴 상여소리

잦은 상여소리

구슬픈 가락 흩날리는

청상 꽃상여

길가의 시든 할미꽃도

고개 숙여 눈물 짓네

비 오는 날이면 날마다

달 뜨는 밤이면 밤마다

한 시름 속에 살며

평생 새겨온 한

홀로 가슴에 묻고서

달구꾼 회다지 소리 빌어

모두 풀어놓고

훨훨 나비 날 듯

뜬구름 타며

실바람 타며

다시는 돌아오지 않으리

다시는 돌아오지 않으리

넘어가네 넘어가네

건너가네 건너가네

질러가네 질러가네

예쁜 아해 어쩔거나

설운 아해 어쩔거나

2장. 진달래 엄마

아해　할매 할매 우리 할매

우리 엄마 낳고 웃던 할매

우리 엄마 어디 갔어

할매　아해 아해 우리 아해

자장자장 잘도 잘던 우리 아해

지난 여름 폭풍에도

지난 겨울 한설에도

너희 엄마 떠나가도

상여소리 요란해도

자장자장 잘도 자던 우리 아해

너희 엄마 김칫국에 밥 말아먹고

창포물에 머리 감고 녹저고리 다홍치마 꽃신 신고

산 넘고 물 건너 진달래 동산에 꽃구경 갔지.

아해　그래 그랬구나. 그럼 나도 산 넘고 물 건너 진달래 동산
에 엄마 찾아갈 테야.

할매　　아서라 아서라 산 넘기 쉽지 않고 물 건너기 너 힘들다.

아해　　그래도 갈 테야 엄마 찾아 나는 갈 테야.

할매　　그럼, 쑥개떡 김치전 가지고 가라.

아해, 짐을 챙겨 길을 나선다.

산을 넘는데 호랑이가 막아선다.

호랑이　　아해야, 아해야. 어디 가니?

아해　　김칫국에 밥 말아먹고
창포물에 머리 감고 녹저고리 다홍치마 꽃신 신고 산
넘고 물 건너 진달래 동산에 꽃구경 간 우리 엄마 찾아
가지.

호랑이　　산 깊은데 어찌 넘을래? 떡 하나 주면 내 넘겨주지.

아해　　쑥개떡 하나 먹고 산 넘겨주라.

호랑이, 쑥개떡 하나 먹고 아해를 태워 산을 넘겨준다.

아해, 물을 건너려 하는데, 이무기 막아선다.

이무기　　아해야, 아해야. 어디 가니?

아해　　김칫국에 밥 말아먹고

창포물에 머리 감고 녹저고리 다홍치마 꽃신 신고

산 넘고 물 건너 진달래 동산에 꽃구경 간 우리 엄마 찾

아가지.

이무기   물 깊은데 어찌 건널래? 전 하나 주면 내 건네주지.

아해   김치전 하나 먹고 물 건네주라.

이무기가 김치전 하나 먹고 아해를 태워 물을 건네준다.

물 건너에 펼쳐지는 진달래 동산.

진달래   꽃아 너는 먹먹함으로 예감하고

꽃아 너는 아림으로 고개 들고

꽃아 너는 피처럼 피었다가

꽃아 너는 생각처럼 흔들리다

꽃아 너는 웃음처럼 지는구나

(아해 발견하고) 아해야, 아해야. 여기까지 어찌 왔누?

아해   산 넘을 때 호랑이 잡고 물 건널 때 이무기 잡고

구름처럼 바람처럼 찾아왔지.

진달래   그래, 그래 무얼 찾누?

아해   김칫국에 밥 말아먹고

창포물에 머리 감고 녹저고리 다홍치마 꽃신 신고

산 넘고 물 건너 진달래 동산에 꽃구경 간 우리 엄마 찾
지.

진달래 김칫국에 밥 말아먹고
창포물에 머리 감고 녹저고리 다홍치마 꽃신 신고
산 넘고 물 건너 진달래 동산에 꽃구경 온 너희 엄마
피고지고 피고지고 피고지다 진달래 됐지.

아해 새빨간 거짓말.
물 건너 산 넘어 집에 갈래.

물 건너 산 넘어 집에 오는 아해.

할매 산 넘고 물 건너 진달래 동산에서 엄마는 만났니?

아해 산 넘고 물 건너 진달래 동산에서 우리 엄마 피고지고
피고지고 피고지다 달래 달래 진달래 됐대. 새빨간 거
짓말.

할매 그도 맞다 그도 맞아
우리 아해 힘들었지
꽃님 품에 잠들어라
우리 아해 자장자장
예쁜 아기 자장자장

너희 엄마 진달래다

피고지고 피고지고

예쁜 아기 자장자장

꽃아 너는 먹먹함으로 예감하고

꽃아 너는 아림으로 고개 들고

꽃아 너는 피처럼 피었다가

꽃아 너는 생각처럼 흔들리다

꽃아 너는 웃음처럼 지는구나

예쁜 아기 자장자장

아해가 잠든다.

빛나는 뱀이 아해 주위를 맴돌다 사라진다.

3장. 이야기 엄마

아해　　소야 소야 누렁소야

　　　　서산 넘어 팔려왔던 누렁소야

　　　　논밭 갈다 팔려나갈 누렁소야

　　　　우리 엄마 어디 갔니?

누렁소　아해 아해 우리 아해

　　　　여물통에 민들레 토끼풀

　　　　명아주 씀바귀 가득 주던

　　　　내 눈망울에 담고 싶은

　　　　아해 아해 우리 아해야

　　　　너희 엄마 된장국에 밥 말아먹고

　　　　진달래꽃 입에 물고 무명저고리 무명치마 짚신 신고

　　　　산 넘고 물 건너 이야기 찾아 떠나갔지.

아해　　그래 그랬구나 그럼 나도 산 넘고 물 건너 이야기 찾아

　　　　떠난 우리 엄마 찾아갈 테야.

누렁소　아서라 아서라 산 넘기 쉽지 않고 물 건너기 너 힘들다.

아해   그래도 나는 갈 테야 엄마 찾아 갈 테야.

누렁소   그럼 내 꼬리 터럭 두 개만 가지고 가라.

아해, 짐을 챙겨 길을 나선다.

산을 넘는데 호랑이가 막아선다.

호랑이   아해야, 아해야. 어디 가니?

아해   된장국에 밥 말아먹고
        진달래꽃 입에 물고 무명저고리 무명치마 짚신 신고
        산 넘고 물 건너 이야기 찾아 떠난 우리 엄마 찾아가지.

호랑이   산 깊은데 어찌 넘을래? 나 웃겨주면 내 넘겨주지.

아해   (소 꼬리털로 호랑이 코를 간질이며) 어서 웃고 산 넘겨주라.

호랑이, 껄껄 웃고 아해를 태워 산을 넘겨준다.

아해, 물을 건너려 하는데, 이무기 막아선다.

이무기   아해야, 아해야. 어디 가니?

아해   된장국에 밥 말아먹고
        진달래꽃 입에 물고 무명저고리 무명치마 짚신 신고
        산 넘고 물 건너 이야기 찾아 떠난 우리 엄마 찾아가지.

이무기　물 깊은데 어찌 건널래? 나 웃겨주면 물 건네주지.

아해　(소 꼬리털로 이무기 코를 간질이며) 어서 웃고 물 건네주라.

이무기가 껄껄 웃고 아해를 태워 물을 건네준다.

아해, 이야기꾼을 만난다.

이야기꾼　발 없는 이야기 산을 넘고

손 없는 이야기 밭을 갈고

철 없는 아해 지혜 되고

너 없는 한밤 벗이 되고

(아해 발견하고) 아해야, 아해야. 여기까지 어찌 왔누?

아해　산 넘을 때 호랑이 잡고 물 건널 때 이무기 잡고

번개처럼 천둥처럼 찾아왔지.

이야기꾼　그래, 그래 무얼 찾누?

아해　된장국에 밥 말아먹고

진달래꽃 입에 물고 무명저고리 무명치마 짚신 신고

산 넘고 물 건너 이야기 찾아 떠난 우리 엄마 찾아왔지.

이야기꾼　된장국에 밥 말아먹고

진달래꽃 입에 물고 무명저고리 무명치마 짚신 신고

산 넘고 물 건너 이야기 찾아 떠나온 너희 엄마

　　　　　　　　듣고듣고듣고듣다 하얀 이야기 됐지

아해　　새하얀 거짓말.

　　　　　　물 건너 산 넘어 집에 갈래.

　　　　　　물 건너 산 넘어 집에 오는 아해.

할매　　산 넘고 물 건너서 이야기 찾아 떠난 엄마는 만났니?

아해　　산 넘고 물 건너에서 우리 엄마 듣고듣고듣고듣다 하얀

　　　　　　이야기 됐대. 새하얀 거짓말.

할매　　그도 맞다 그도 맞아

　　　　　　우리 아해 힘들었지

　　　　　　이야기 속에 잠들어라

　　　　　　우리 아해 자장자장

　　　　　　예쁜 아기 자장자장

　　　　　　너희 엄마 이야기다

　　　　　　듣고듣고 듣고듣고

　　　　　　예쁜 아기 자장자장

　　　　　　발 없는 이야기 산을 넘고

　　　　　　손 없는 이야기 밭을 갈고

　　　　　　철 없는 아해 지혜 되고

너 없는 한밤 벗이 되고

예쁜 아기 자장자장

아해가 잠든다.

빛나는 뱀이 아해 주위를 맴돌다 사라진다.

4장. 달님엄마

아해 나무야 나무야 감나무야

우리 엄마 시집올 때 처음 폈던 감나무야

우리 엄마 어디 갔니?

감나무 아해 아해 우리 아해

땡감 주랴 단감 주랴

홍시같이 환한 미소

아해 아해 우리 아해야

너희 엄마 미역국에 밥 말아먹고

감나무 꽃 입에 물고 감색 저고리 감색 치마

감색 신발 신고 산 넘어 물 건너

달님 찾아 떠나갔지.

아해 그래 그랬구나. 그럼 나도 산 넘고 물 건너 달님 찾아

떠난 우리 엄마 찾아갈 테야.

감나무 아서라 아서라. 산 넘기 쉽지 않고 물 건너기 너 힘들다.

아해 그래도 나는 갈 테야. 엄마 찾아 갈 테야.

감나무   그럼 곶감 두 개 가지고 가라.

아해, 짐을 챙겨 길을 떠난다.

산을 넘으려고 하는데 호랑이가 막아선다.

호랑이   아해야, 아해야. 어디 가니?

아해   미역국에 밥 말아 먹고

감나무 꽃 입에 물고 감색 저고리 감색 치마

감색 신발 신고 산 넘어 물 건너

달님 찾아 떠난 우리 엄마 찾아가지.

호랑이   산 깊은데 어찌 넘을래? 곶감 하나 주면 내 넘겨주지.

아해   곶감 먹고 산 넘겨주라.

호랑이, 곶감 먹고 아해를 태워 산을 넘겨준다.

아해, 물을 건너려 하는데, 이무기가 막아선다.

이무기   아해야, 아해야. 어디 가니?

아해   미역국에 밥 말아먹고

감나무 꽃 입에 물고 감색 저고리 감색 치마

감색 신발 신고 산 넘어 물 건너

달님 찾아 떠난 우리 엄마 찾아가지.
이무기 물 깊은데 어찌 건널래? 곶감 주면 물 건네주지.
아해 곶감 먹고 물 건네주라.

이무기가 곶감 먹고 아해를 태워 물을 건네준다.

달님 강강술래 강강술래 손을 잡고 강강술래
강강술래 강강술래 돌고 돌아 강강술래
강강술래 강강술래 차고 비니 강강술래
(아해 발견하고) 아해야, 아해야. 여기는 어찌 왔누?
아해 산 넘을 때 호랑이 잡고 물 건널 때 이무기 잡고
나비처럼 찾아왔지.
달님 그래, 그래 무얼 찾누?
아해 미역국에 밥 말아먹고
감나무 꽃 입에 물고 감색 저고리 감색 치마
감색 신발 신고 산 넘어 물 건너
달님 찾아 떠난 우리 엄마 찾아왔지.
달님 미역국에 밥 말아먹고
감나무 꽃 입에 물고 감색 저고리 감색 치마
감색 신발 신고 산 넘어 물 건너

달님 찾아 떠나온 너희 엄마
강강술래 강강술래 돌고돌고 돌고돌다
아주 달이 됐지.
아해 샛노란 거짓말.
 물 건너 산 넘어 집에 갈래.

물 건너 산 넘어 집에 오는 아해.

할매 산 넘고 물 건너서 달님 찾아 떠난 엄마는 만났니?
아해 산 넘고 물 건너에서 우리 엄마 강강술래 돌고돌고 돌
고돌다 아주 달이 됐대. 샛노란 거짓말.
할매 그도 맞다. 그도 맞아.
우리 아해 힘들었지
달님 품에 잠들어라
우리 아해 자장자장
예쁜 아기 자장자장
너희 엄마 달님이다
강강술래 돌고돌고
예쁜 아기 자장자장
강강술래 강강술래 손을 잡고 강강술래

강강술래 강강술래 돌고 돌아 강강술래

강강술래 강강술래 차고 비니 강강술래

예쁜 아기 자장자장

아해가 잠든다.

빛나는 뱀이 아해 주위를 맴돌다 사라진다.

5장. 햇님엄마

아해 솥아 솥아 무쇠솥아

우리 엄마 밥 지을 때

덜덜 끓던 무쇠솥아

우리 엄마 어디 갔니?

무쇠솥 아해 아해 우리 아해

밥을 줄까 죽을 줄까

무쇠보다 굳센 아해

아해 아해 우리 아해

너희 엄마 토란국에 밥 말아먹고

하얀 국화 입에 물고 검정 치마 검정 저고리

검정신 신고 산 넘고 물 건너

햇님 보러 떠나갔지

아해 그래 그랬구나 그럼 나도 산 넘고 물 건너 햇님 찾아 떠
나간 우리 엄마 찾아갈 테야.

무쇠솥 아서라 아서라 산 넘기 쉽지 않고 물 건너기 너 힘들다.

| **아해** | 그래도 나는 갈 테야. 엄마 찾아 갈 테야. |
| **무쇠솥** | 그럼 누룽지 좀 가져가라. |

아해, 짐을 챙겨 길을 떠난다.

산을 넘으려고 하는데 호랑이가 막아선다.

호랑이	아해야, 아해야. 어디 가니?
아해	토란국에 밥 말아먹고 하얀 국화 입에 물고 검정 치마 검정 저고리 검정신 신고 산 넘고 물 건너 햇님 보러 떠난 우리 엄마 찾아간다.
호랑이	산 깊은데 어찌 넘을래? 누룽지 주면 내 넘겨주지.
아해	누룽지 먹고 산 넘겨주라.

호랑이, 누룽지 먹고 아해를 태워 산을 넘겨준다.

아해, 물을 건너려 하는데, 이무기가 막아선다.

| **이무기** | 아해야, 아해야. 어디 가니? |
| **아해** | 토란국에 밥 말아먹고
하얀 국화 입에 물고 검정 치마 검정 저고리 |

검정신 신고 산 넘고 물 건너

햇님 보러 떠난 우리 엄마 찾아간다.

이무기 누룽지 주면 물 건네주지.

아해 누룽지 먹고 물 건네주라.

이무기가 누룽지 먹고 아해를 태워 물을 건네준다.

햇님 나는 너의 얼굴

나는 너의 보금자리

나는 너의 눈빛

나는 너의 꿈

(아해를 발견하고) 아해야, 아해야. 여기는 어찌 왔누?

아해 산 넘을 때 호랑이 잡고 물 건널 때 이무기 잡고

학처럼 찾아왔지.

햇님 그래 그래 무얼 찾누?

아해 토란국에 밥 말아먹고

하얀 국화 입에 물고 검정 치마 검정 저고리

검정신 신고 산 넘고 물 건너

햇님 보러 떠난 우리 엄마 찾아왔지.

햇님 토란국에 밥 말아먹고

하얀 국화 입에 물고 검정 치마 검정 저고리

검정신 신고 산 넘고 물 건너

햇님 보러 떠나온 너희 엄마

가고가다 서쪽나라 노을 됐지

가고가다 동쪽나라 아침 됐지

아해   시커먼 거짓말.

물 건너 산 넘어 집에 갈래.

물 건너 산 넘어 집에 오는 아해.

할매   산 넘고 물 건너서 햇님 찾아 떠난 엄마는 만났니?

아해   산 넘고 물 건너 우리 엄마 가고가다 서쪽나라 노을 됐
대 동쪽나라 아침 됐대. 시커먼 거짓말.

할매   그도 맞다. 그도 맞아

우리 아해 힘들었지

햇님 품에 잠들어라

우리 아해 자장자장

예쁜 아기 자장자장

너희 엄마 아침 노을

가고가고 오고오고

예쁜 아기 자장자장

나는 너의 얼굴

나는 너의 보금자리

나는 너의 눈빛

나는 너의 꿈

예쁜 아기 자장자장

아해가 잠든다.

빛나는 뱀이 아해 주위를 맴돌다 사라진다.

6장. 웃음 엄마

아해   돌아 돌아 돌부처야

우리 엄마 빌고 빌던 돌부처야

우리 엄마 어디 갔니?

돌부처   아해 아해 우리 아해

내 코 먹고 배불러서 낳은 아해

너희 엄마 아욱국에 밥 말아먹고

함박꽃 입에 물고 잿빛 치마 잿빛 저고리

잿빛 신발 신고 산 넘고 물 건너 부처님 찾아 떠나갔지.

아해   그래 그랬구나. 그럼 나도 부처님 찾아 떠난 우리 엄마 보러 갈 테야.

돌부처   아서라 아서라. 산 넘기 쉽지 않고 물 건너기 너 힘들다.

아해   그래도 나는 갈 테야. 엄마 찾아 갈 테야.

돌부처   그럼 이 돌 가지고 가라.

아해, 짐을 챙겨 길을 떠난다.

산을 넘으려고 하는데 호랑이가 막아선다.

호랑이 아해야, 아해야. 어디 가니?

아해 아욱국에 밥 말아먹고

함박꽃 입에 물고 잿빛 치마 잿빛 저고리

잿빛 신발 신고 산 넘고 물 건너 부처님 찾아 떠난 우리

엄마 찾아가지.

호랑이 떡 하나 주면 산 넘겨주지

아해 돌 먹을래? 그냥 넘겨줄래?

호랑이, 아해를 태워 산을 넘겨준다.

아해, 물을 건너려 하는데, 이무기가 막아선다.

이무기 아해야, 아해야. 어디 가니?

아해 아욱국에 밥 말아 먹고

함박꽃 입에 물고 잿빛 치마 잿빛 저고리

잿빛 신발 신고 산 넘고 물 건너 부처님 찾아 떠난 우리

엄마 찾아가지.

이무기 떡 하나 주면 물 건네주지.

아해   돌 먹을래? 그냥 건네줄래?

이무기가 아해를 태워 물을 건네준다.

스님   돌 속에도 있고 없고

꽃 속에도 있고 없고

바람 따라 가고 오고

얻은 것도 잃은 것도 아니고

가는 것도 오는 것도 아니고

(아해 발견하고) 아해야, 아해야. 여기는 어찌 왔누?

아해   산 넘을 때 호랑이 잡고 물 건널 때 이무기 잡고

바람처럼 찾아왔지.

스님   그래 그래 무얼 찾누?

아해   아욱국에 밥 말아먹고

함박꽃 입에 물고 잿빛 치마 잿빛 저고리

잿빛 신발 신고 산 넘고 물 건너 부처님 찾아 떠난 우리

엄마 찾아왔지.

스님   아욱국에 밥 말아먹고

함박꽃 입에 물고 잿빛 치마 잿빛 저고리

잿빛 신발 신고 산 넘고 물 건너 부처님 찾아 떠나온 너

희 엄마

있는 것도 아니고 없는 것도 아니고

웃고웃고 웃고웃다 부처님 미소됐지.

아해　거짓뿌렁.

물 건너 산 넘어 집에 갈래.

물 건너 산 넘어 집에 오는 아해.

할매　산 넘고 물 건너서 부처님 찾아 떠난 엄마는 만났니?

아해　산 넘고 물 건너 우리 엄마 있는 것도 아니고 없는 것도

아니고 웃고웃고 웃고웃다 부처님 미소됐대. 거짓부렁.

할매　그도 맞다. 그도 맞아.

우리 아해 힘들었지

웃음 속에 잠들어라

우리 아해 자장자장

예쁜 아기 자장자장

너희 엄마 웃음이다

웃고웃고 웃고웃고

돌 속에도 있고 없고

꽃 속에도 있고 없고

바람 따라 가고 오고

얻은 것도 잃은 것도 아니고

가는 것도 오는 것도 아니고

예쁜 아기 자장자장

아해가 잠든다.

빛나는 뱀이 아해 주위를 맴돌다 사라진다.

7장. 노래 엄마

아해   바람아 바람아 바람아

우리 엄마 근심걱정 날려주던

바람아 고마운 바람아

우리 엄마 어디 갔니?

바람   아해 아해 우리 아해

바람소리 들어 보렴

너희 엄마 감잣국에 밥 말아먹고

하얀 치마 검은 저고리 맨발로

산 넘고 물 건너 노래 찾아 떠나갔지

아해   그래, 그랬구나. 그럼 나도 노래 찾아 떠난 우리 엄마 찾아가야지.

바람   아서라 아서라. 산 넘기 쉽지 않고 물 건너기 너 힘들다.

아해   그래도 나는 갈 테야. 엄마 찾아 갈 테야.

바람   그럼 내가 키운 쑥과 마늘 가지고 가라.

아해, 짐을 챙겨 길을 떠난다.

산을 넘으려고 하는데 호랑이가 막고 선다.

호랑이   아해야, 아해야. 어디 가니?

아해   감잣국에 밥 말아먹고

하얀 치마 검은 저고리 맨발로

산 넘고 물 건너 소리 찾아 떠난 우리 엄마 찾아간다.

호랑이   떡 하나 주면 산 넘겨주지.

아해   떡 없으니 쑥 먹어라. 너도 인간 돼야지.

호랑이, 쑥을 먹고 아해를 태워 산을 넘겨준다.

호랑이, 사람으로 바뀐다.

아해, 물을 건너려 하는데, 이무기가 막아선다.

이무기   아해야, 아해야. 어디 가니?

아해   감잣국에 밥 말아먹고

하얀 치마 검은 저고리 맨발로

산 넘고 물 건너 소리 찾아 떠난 우리 엄마 찾아간다.

이무기   떡 하나 주면 물 건네 주지.

아해   떡 없으니 마늘 먹어라. 너도 용이 돼야지.

이무기가 마늘 먹고 용이 되어 아해를 태워 물을 건네준다.

노래꾼 아해야, 아해야. 여기는 어찌 왔누?

아해 산 넘을 때 호랑이 잡고 물 건널 때 이무기 잡고

　　바람처럼 찾아왔지.

노래꾼 그래 그래 무얼 찾누?

아해 감잣국에 밥 말아먹고

　　하얀 치마 검은 저고리 맨발로

　　산 넘고 물 건너 노래 찾아 떠난 우리 엄마 찾아왔지.

노래꾼 감잣국에 밥 말아먹고

　　하얀 치마 검은 저고리 맨발로

　　산 넘고 물 건너 노래 찾아 떠나온 너희 엄마

　　부르고 부르고 부르다 아주 노래가 됐지.

아해 새파란 거짓말.

노래꾼 그럼, 직접 엄마를 만나봐.

아해, 노래꾼들의 노랫소리 속에 들어가 엄마를 찾는다.

아해 엄마, 엄마, 엄마.

아해의 소리와 노래패들의 음악이 거대한 혼돈을 만들어 낸다.

노래꾼 엄마는 찾았니?

아해 물 건너 산 넘어 집에 갈래.

물 건너 산 넘어 집에 오는 아해.

할머니 산 넘고 물 건너서 노래 찾아 떠난 엄마는 만났니?

아해 산 넘고 물 건너 우리 엄마 부르고 부르고 부르다 아주

노래가 됐대.

할머니 그도 맞다. 그도 맞아.

우리 아해 힘들었지

노래 속에 잠들어라

우리 아해 자장자장

예쁜 아기 자장자장

너희 엄마 노래구나

부르고 부르고 부르고

예쁜 아기 자장자장

아해가 잠든다.

빛나는 뱀이 아해 주위를 맴돌다 아해 속으로 들어간다.

아해　　(일어나서) 할머니, 빛나는 뱀이 내 속에 들어왔어.

8장. 아해 넘어가네

서쪽 노을 따라

길게

동방삭이

악사

광대들

남자, 여자

시종

동자, 동녀

선비

공양여인들

호위무사들

남녀노소

봉황새

학

닭

꽃들

구름

호랑이 타고 있는 저승사자

용을 타고 있는 물림도령

꽃상여 따라 동행한다.

어미의 꽃상여

산 넘고 물 건너

들을 질러간다.

훨훨 나비 날 듯

뜬구름 타며

실바람 타며

상여소리 넘어가네 넘어가네

건너가네 건너가네

질러가네 질러가네

예쁜 우리 아해 어쩔거나

혼자 남은 아해 어쩔거나

만장도 없이

선소리꾼 요령 따라

긴 상여소리

잦은 상여소리

구슬픈 가락 흩날리는

청상 꽃상여

길가의 시든 할미꽃도

고개 숙여 눈물짓네

비 오는 날이면 날마다

달뜨는 밤이면 밤마다

한 시름 속에 살며

평생 새겨온 한

홀로 가슴에 묻고서

달구꾼 회다지 소리 빌어

모두 풀어놓고

훨훨 나비 날 듯

뜬구름 타며

실바람 타며

다시 돌아오리 영원히

다시 돌아오리 영원히

끝.

둥근 해가 떴습니다

잃어버린 기억, 노래를 찾아서

때 : 현대

등장인물 : 현우/ 어미/ 혜숙(마담)/ 지은(아르바이트 생)/ 병수/ 정환/ 취객/ 선생님/ 여배우/ 상주/ 산인숙/ 단원들/ 그 외 기타

작가 Note

이 작품은 작가 겸 연출가인 현우가 연극을
만들어 가는 과정과 자신의 기억을 찾아가는
과정이 주요한 흐름을 이루고 있다. 극중에
나오는 연극관련 체험담은 참가하는 배우에
따라 바뀔 수 있다.

1장. 母子1

현우의 집.

늙은 어미와 40대 초반의 아들 현우가 상당히 편한 자세를 잡고 불

교방송을 보고 있다.

이들 모자는 최대한 움직이지 않으려고 한다.

어머니, 반신불수에 귀가 잘 안 들린다.

아들 얼굴에는 채플린처럼 콧수염이 그려져 있다.

아들   화장은 어때?

어미   뭐?

아들   그럼 수목장?

어미   뭐?

아들   풍장은?

어미   뭐라구?

아들   (큰 소리로) 수장은?

어미   뭐? 소장?

아들   (큰 소리로) 고려장은 어때?

어미   뭐? 마이크 써라.

아들   (큰 소리로) 보청기 좀 껴. (마이크에 대고) 리모컨 줘.

어미   안돼. 이건 나의 마지막 권력이야.

아들   맨날 불교방송 지겹지도 않아?

어미   내 스승이다. 나 책에서 배운 거보다 저거 보고 더 많이 배워. 가끔 잘 생긴 스님도 나오더라. 참 석용산 스님 죽었니? 딱 내 스타일이었는데.

아들   이대까지 나온 여자가 꼭 이래야 돼?

어미   이대 이대 하지 마. 나도 이대 나와서 칠십 평생 힘들었어. 이대로 갈란다.

아들   아주 만담을 하셔. 그리고 나만큼만 하라고 그래. 요즘 병신 모시고 사는 자식이 어디 있다고. 갔다 버리지 않은 걸 고맙게 생각해.

어미   (TV 끄고) 노래 하나 해봐. 목포의 눈물. 그거 좋던데….

아들   아직 2시 전이야. 아직 활동할 시간 아니라구.

어미   너희 연극하는 것들은 왜 그러고 사니?

아들   우리가 뭐?

어미   새벽에 들어와서 오후에 나가고. 너희들, 나가요야?

아들   업계 관행이야. 관행. 엄마는 관행도 몰라? 그리고 우리는 밤을 움직이는 사람이라고 할까?

어미　　미친놈. 너 연극은 왜 하니?

아들　　글쎄? 나도 요즘 그게 고민이야.

어미　　고민 같은 소리한다. 술 처먹으려고 연극하는 놈이.

아들　　보청기는 왜 안 해?

어미　　갑갑해. 그리고 어미의 큰 뜻이 있다.

아들　　그래서 아들 고생을 이렇게 시켜? 뭐야, 이게. 집에만 들어오면 마이크 달고 살아야 되고. 내가 앵커야? 참으로 어처구니 없는 일이 아닐 수 없습니다.

어미　　요즘은 마이크가 대세다. 마이크에 익숙해져야 큰 인물이 될 수 있어. 마이크 잡고 말 못하면 사람들이 무능하다고 욕한다. 너는 이 어미의 큰 뜻을 모를 거다. (사이) 너, 요즘 아랫도리 문제는 어떻게 해결하니?

아들　　신경 끄셔.

어미　　인생 뭐 있니? 꼴릴 때 많이 해라. 미안하다. 내가 이러니 도와 줄 수도 없고.

아들　　(몸을 세우며) 뭘 도와줘? 엄마, 정말 이대 나온 여자 맞어?

어미　　원래 이게 이대 전통이야. 거침없는 주둥이. 끈질긴 생명력.

아들　　(다시 누우며) 민폐 그만 끼치고 이제 좀 죽어줘라.

어미 마누라 죽이고 나도 보내겠다고?

아들 죽은 인숙이 얘기는 왜 꺼내?

어미 걔는 애라도 하나 만들고 가지. 박복한 년. 뭐 잘한다고 비오는 날 남편 데리러 가?

아들 엄마, 인숙이는….

어미 모든 고통은 기억과 집착에서 온다. 알라야식을 지워.

아들 뭔 말이야?

어미 불교방송에 나오더라. 유식불교.

아들 유식불교?

어미 연극하는 놈이 무식해가지고. "가는 자는 가지 않고, 가지 않는 자도 가지 않는다."

아들 "가는 자는 가지 않고, 가지 않는 자도 가지 않는다." 그건 또 뭔 말이야?

어미 용수의 중도론.

아들 (엄마를 쳐다보며) 와, 우리 엄마 이대 나온 거 맞네. 무슨 엄마가 아는 게 그렇게 많아?

어미 이 무식한 연극쟁이야. 너 선방에서 면벽수도, 용맹정진 하는 게 어려울 거 같니, 애들 나서 기르는 게 어려울 거 같니? 어머니들은 다 안다. 그래서 살림하는 거다. 살림 살이가 참선이야. 너, 나 죽어도 혼자 살 수 있겠니?

아들　　빨리 죽기나 하셔.

아들, 보청기를 찾아 어미의 귀에 꽂아 주고 다시 눕는다.

어미　　꿀벌이 어머니다.
아들　　뭔 말이야?
어미　　화두니까 잘 생각해봐.

사이.

초인종 소리.

소리　　김경자 씨 택배요.
어미　　나가 봐.
아들　　나 생각 중이야. 그리고 아직 2시 안 됐어.
어미　　택배라잖아.
아들　　두고 가겠지.
어미　　누가 들고 가.
아들　　(마이크 들고) 2시 넘어서 오세요.
소리　　네?
아들　　(더 크게) 두고 가라고요.

소리   네.

사이.

어미   나 물 좀 다오.

아들   물이 뭐야?

어미   H2O.

아들   H2O가 뭐야?

어미   목 마를 때 마시는 거.

아들   목 마른 게 뭐야?

어미   너 정말 이 애미 죽는 꼴 볼래?

아들   응. 아줌마 불러.

어미   2시 반에 오잖아. 싸가지 없는 놈. 확 똥 싸버린다.

아들   똥이 뭐야?

사이.

아들   (일어나 앉아서) 엄마, 충장(蟲葬)이라고 들어봤어? 엄마, 봉
분 없앨 때 어떻게 없애는지 모르지?

어미   모른다. 이놈아.

아들　　봉분 위에다 설탕을 쫙 뿌려놓으면 개미들이 새까맣게

달려들어서 봉분을 아주 초토화 시켜.

어미　　그래서?

아들　　엄마 죽으면 내가 엄마 몸에다 설탕 쫙 뿌려놓을게.

어미　　뭐?

아들　　(누우며) 꿀벌이 어머니라고 해서 생각해본 거야.

어미　　너, 천벌 받는다.

아들　　천벌이 뭐야?

알람, 오후 2시를 알린다.

"두 시, 두 시"

현우, 일어난다.

아들　　(물 갖다 주며) 엄마, 미안해. 대신 노래 하나 해줄게.

아들, 마이크 잡고 노래한다. 중간 중간 가사가 끊긴다.

어미　　고맙다. 살아줘서. 제발 부탁인데 술 좀 작작 먹어라.

그리고 이제 아버지가 남기고 간 돈도 얼마 안 남았다.

그런데 너는 돈 되는 연극은 안 하니?

아들　가장 소중한 건 거래하는 게 아니네요. 그냥 주는 거죠.

어미　쥐뿔도 없는 놈이. 그리고 너 꼭 그렇게 연극하는 거 티내고 다녀야 하니?

아들　내가 뭘?

어미　거울 좀 봐!

아들, 거울 본다.

아들　뭐야? 아 이게 뭐야? (머리를 때리며) 와, 미치겠네. 왜 기억이 안나? 기억이….

2장. 연극의 시작

연극 연습실.

배우들, 몸 풀기 하고 있다.

배우1 준비해왔어?

배우2 아니요.

배우1 내 얘기하려니까 더 힘들다. 차라리 몸 쓰는 연극 하는 게 낫겠어.

배우3 너 유명한 연출가가 되기 위한 두 가지 조건이 뭔지 아니? 첫째 관객을 고문해라. 둘째 배우를 고문해라.

현우, 들어오면서 이들이 하는 대화를 듣는다.

현우 다들 모였지? 저번 모임에서 얘기했듯이 이번 연극은 특별한 갈등이나 드라마 없이 솔직하고 소박하게 우리의 이야기를 풀어가는 작품이 될 예정이다. 이번 공연은 대본이 따로 없다. 우리의 이야기가 곧 대본이고 작품이다. 양식적으로는 자기 독백과 노래를 섞어볼 생각이다. 묻고 싶다. 우리는 왜 연극을 하지? 자기 존중감마저 상실해가고 있는 이런 환경 속에서. 우리 참 많은 작업을 해 왔다. 무대는 분명 창조의 공간이다. 우리는 우리 스스로의 가치를 창조하면서 지금 여기에 있다. 하지만 어느 순간 타성에 젖어 우리 작업의 근본적인 이유에 대해 성찰하기를 그쳤다. 연극은 뭔가? 연극의 존재 이유는 뭔가? 연극이 나에게 뭔가? 연극은 해야만 할 가치가 있는가? 연극은 현실과 어떻게 만나야 하는가? 연극은 삶의 문제에 대해 어떻게 대응해야 하는가? 우리 이번 작업을 통해 우리를 돌아보자. 일기 쓰는 것처럼 진솔하게 우리와 대면해 보자. 우리 처음으로 돌아가 보자. 나도 이 작업이 실패할 수 있다고 생각한다. 하지만 추락하면서 빛나는 것도 있지 않을까? 자, 오늘은 우리가 연극을 어떻게 시작하게 되었는지, 어떻게 연극에 매혹되었는지 알아보도록 하자. 누구부터 시작할까?

몇몇 배우들이 나와서 어떻게 하다 자기가 연극을 시작했는지를 발

표한다.

배우1 대학교 다닐 때였는데, 겨울이었어요. 눈이 많이 와서 캠퍼스가 온통 하얀 눈밭이었는데, 도서관에 책 반납할 게 있어서 도서관 쪽으로 걸어가고 있었어요. 그 책이 뭐였더라… 도스토예프스키의 '악령' 이었나? 과 후배 두 명이 제 이름을 부르면서 뭉친 눈을 저한테 던지는 거예요. 두 명 다 극회 하던 친구들이었는데, 고개를 돌려서 보니까 하얀 눈밭을 배경으로 막 소설 속에서 걸어나온 것 같은 모습으로 두 남자가 서 있더라고요. 아니, 내가 소설 속에 들어간 거 같았어요. 롱코트에 수염도 기르고. 그 모습이 뭐라 그럴까요? 데카당스하면서도, 뭔가 인생의 심오한 뜻을 알고 있다는 듯 싶기도 하면서, 한 마디로 묘한 분위기를 풍겼어요. 이런 걸 두고 해석을 유발하는 풍경이라고 하나요? 정말 저는 그들의 세계를 해석하고 싶었어요. 연극이 뭔지 알고 싶었고, 연극하는 인간들을 알고 싶었어요. 바로 연극반을 찾아갔죠. 하지만 연극은 저한테 아직까지도…. 우리 안에 들어 있는 악령은 뭘까요? 그때 제가 많이 부른 노랜데요.

배우1, 노래한다.

배우2　누나. (사이) 누나라고 부른 사람이 있었어요. 처음 수줍게 연극반 문을 열고 들어섰을 때 미소로 그곳에 있던 여자였어요. 뭘까요? 저를 그날 그곳으로 이끈 것은? 운명? 불가피한 필연? 어떤 돈 냄새? 스타가 될 것 같은 어떤 예감? 농담이구요. 지금 생각해보니 어떤 향기에 끌린 거 같아요. 연극반 생활하면서 한 사람으로 인해 어떤 공간이 변할 수도 있다는 생각을 그 누나를 보면서 처음 했어요. 그렇게 그 누나로 인해 서클룸은 가야 할 곳이 되었고 내 영혼이 자라는 곳이 되었죠. 누나가 가끔 도시락을 싸오곤 했어요. 내 것까지. 그날은 우리만의 소풍날이었고 잔디밭에서 최고의 만찬을 나누곤 했어요. 어느 날 그 누나 아버지가 운영하는 화원에 놀러간 적 있어요. 서울 근교에서 크게 꽃농장을 했거든요. 화원에 들어섰을 때 확 밀려오던 장미향기. 지금도 잊을 수 없네요. 군대 입대하는 날 종로5가 호프집에서 만났어요. 2시까지 입소해야 하는데 11시부터 맥주를 마셨죠. 전 그때 군대 가면 죽는 줄 알았거든요. 그때 그 누나가 불러주던 노래 생각나요. 혜은이의 '당신은

모르실거야.' 보충대 입구에서 처음으로 누나를 안아
봤어요. 누나 몸에서 장미향이 났어요. 사람들 다 보는
앞에서 누나가 내 입술에 입 맞춰줬어요. 군대에서 상
병 땐가 편지를 받았어요. 결혼한다고… 그 후론 한 번
도… 근데 얼마 전에 우연찮게 아는 선배한테 그 누나
소식을 들었는데요…. 그 누나 아버지는 간첩죈가 뭔가
로 끌려가고 그 누나는 지금 어디 정신병원에 있대요.
그 누나 지금도 장미같이 웃고 있을까요? 처음 누나 만
났을 때 보여준 그 미소를 지으면서…. 지금도 저는 연
극이 장미향기처럼 생각돼요. 공연 끝나고 사람들한테
장미 꽃다발을 받으면 누나가 제 곁에 있는 거 같아요.
무대에서 내가 사람들에게 줄 수 있는 것은 그 누나가
내게 보여줬던 미소가 아닐까 그런 생각을 해봐요. 그
게 향기니까요.

배우2, 노래한다.

3장. 수단과 방법

카페, '연습실'.

현우, 병수, 정환, 술을 마시고 있다.

다른 테이블에서 사람들, 술을 마시고 있다.

현우　"야, 너 잘 될 줄 알았다." 야, 너 잘 될 줄 알았다? (사이, 앉으며) 병수야, 솔직히 말해봐라. 넌 내가 인생 낙오자로 보이니?

병수　응.

현우　뭐? 나, 얼마 전에 고등학교 동창회에 갔다 왔잖아. 안 나가다가 한 15년 만에 나갔어. 애들이 어떻게 변했는지 보고도 싶고 우리 나잇대 인간들 어떻게 사는지 궁금도 하고 해서 말이야. 근데, 내가 미쳤지. 속물들, 속물들, 속물들! 변호사 하는 놈이 나한테 묻더라. "너 뭐 하니?" 그래서 내가 글 쓴다고 그랬지. "뭐? 소설? 그래, 근데 내가 왜 몰랐지? 너 필명 쓰니?" 그래서 내가 연극 대본 쓴다고 그랬지. 근데 이 친구가 뭐라 그랬는지 알어? "희곡?! 야, 너 잘 될 줄 알았다. 너 나보다 공부도 잘했잖아." 야, 너 잘 될 줄 알았다? 내가 술상 팍 엎고 그랬어. "야, 새끼야. 니가 책상머리에 백 년을 앉아 있어봐라. 단편 희곡 하나 나오나?" 속에서 불이 올라오더라고. 아니 연극하고 희곡 쓰면 인생 낙오잔가?

병수   현우야.

현우   왜?

병수   나 너 잘 될 줄 알았다.

현우   뭐?

병수   미안하다. (술 마시고, 사이) 근데 현우야, 너 졸업한 고등학교에 연극반 없냐?

현우   왜?

병수   아니 그게…. 지은아, 너 고등학교 어디 나왔다고 그랬지? 연극반 없어?

지은   쌤, 저 검정고시 출신이에요.

병수   헐! 너 고시 패스했어? (술 마시고) 정환아, 연극은 수단이니 방법이니?

정환   아무것도 아니면서 모든 거.

병수   하여간 너는 김 빼는데 선수야. 물어본 내가 바보지.

현우 무슨 일인데?

병수 애들 모아오란다. 누가 후진 지방대학에 오려고 그러
니? 우리 과 선생 하나는 애들 모집하러 다니다가 자살
시도까지 했다. 입시 지원자 줄어드니까 과 폐지 한다
는 둥, 월급 지급 정지 한다는 둥 말도 아니야. 딸린 자
식들 때문에 학교 때려치울 수도 없고.

현우 이런, 이런. 영국 유학파가 애들 수집이나 하고 다니고.
니가 고생이 많다. 모교에는 가봤어?

병수 벌써 가봤지. 한 명도 없어.

정환 병수야, 나 너 잘 될 줄 알았다.

병수 뭐?

정환 우리 저 비상구를 나가면 쌩뚱맞은 결론에 도달할 수
있을까?

병수 애 또 시 쓴다.

정환 너에게 가며 나는 한없이 나에게로 가고
나에게로 가며 나는 또 한없이 너에게로 간다
너 이 지상의 끝
나 언제 이 오랜 여행을 끝내고
저 비상구로 나갈 수 있을까

지은 나에게로 가며 나는 또 한없이 너에게로 간다. 쌤, 멋있

어요.

병수 너, 이 지상의 끝 정환아, 니 시는 수단이니 방법이니?

정환 뭐랄까? 아무것도 아니면서 모든 거?

취객이 팬 플루트를 불다가 정환한테 다가온다.

취객 야, 너 잘 될 줄 알았다. 박정환 씨 맞죠? 아저씨 저 몰라요? 몰라? 모른다. 모르겠다. 몰랐나? 어디서 본 것 같은데… 제가요, 껌 씹을 때 '짝짝' 소리 내는 게 소원이었는데요, 한참 연습을 해서 지금처럼 '짝짝' 소리가 나니까 말이에요. 신기하죠? 거 이상하죠? 꿈에서 껌 씹을 때는 말이에요. 아무리 씹어도 '짝짝' 소리가 안 나요. 아저씨 저 몰라요? 몰라? 모른다. 모르겠다. 몰랐나? (버럭) 모를 테지. (사람들 놀라 자리를 피하면, 울며) 히말라야에 눈이 없어지고 있대요. 히말라야에 눈이 없으면 그게 히말라야인가요? 근데, 왜 꿈에서는 껌 씹는 소리가 안 나는 거죠? 내가 눈물이 다 난다. 히말라야에 눈이 녹는다고 그래서 눈물이 다 난다. 미안하다. 히말라야야. 지켜주지 못해서. 가보지도 못하고. 차비가 없었단다. 근데, 왜 꿈에서는 껌 씹는 소리가 안 나는 거야?

취객, 걸어 나간다.

지은, 취객이 있던 테이블을 정리한다.

병수 "근데, 왜 꿈에서는 껌 씹는 소리가 안 나는 거야?" 그거야 무의식이 더 이상 바랄게 없다는 거지.

현우 지은아, 너는 배우의 목표가 무엇이라고 생각하니? 명성? 돈?

지은 글쎄요? 어떤 보여주기 아닐까요? 일상에 숨겨진 어떤 내밀한 욕망이나 숨 가뿐 디테일을 보여주는 거 아닐까요? 사랑해가 아니라 싸랑해!

병수 역시 지성배우야.

현우 정환아, 너 이제 배우는 안 해?

정환 사람 만나는 게 무서워. 아니 무대에 서는 게 겁나. 시나 쓰다 죽으련다.

병수 너 시스템에 불만 있어서 그러는 거지? 무명배우 착취해서 몇몇 스타만 배불리는 시스템이 맘에 안 드는 거잖아. 그리고 뭐가 무서워? 니가 워낙 작품 고르는 게 까탈스러워서 그렇지.

지은 박쌤, 저도 선생님 무대에 서는 거 정말 보고 싶어요. 사실은요 선생님하고 같은 무대에 서고 싶어요.

병수 결국 배우한테 넘어가는 거야?

정환 도시의 삶은 삶이 아니야. 산이 답이다. 눈이 오는 날 우리 산으로 가자. 세상 같은 것은 더러워서 버리는 것이다. 세상 같은 것은.

병수 백석! 나와 나타샤와 흰 당나구. 세상 같은 것은 더러워서 버리는 것이다. 세상 같은 것은. 왜 난 니가 부럽지? 이 결혼도 못해본 부러운 남자야. (앉히며) 한 잔 해! 지은아 너도 이리 와.

사이.

병수 지은아, 너 수단과 방법의 차이가 뭐라고 생각하니?

지은 수단은 Tool이고 방법은 Method 아닌가요?

병수 clear and distinct. 그럼 발기하지 못하는 성기는 Tool이냐? Method냐?

정환 성기는 그냥 존재야.

병수 너 솔직히 Tool이 고장 나서 결혼 못했지? 고장난 Tool은 확 갖다 버려야 하는데. 지은아, 넌 Tool이 고장 난 남자랑 Love할 수 있다고 생각하니?

지은 글쎄요?

병수　　it's possible. 메소드를 잘 쓰면 possible. 어떤 메소드를 쓰면 될까요?

지은　　선생님!

정환　　고기를 잡았으면 통발을 버려야지.

병수　　이건 또 무슨 존재의 딸국질이야? (사이) 연극 제목으로 '툴과 메소드' 어때? 지은아. 이거 확 스쳐가는 아이디어인데 말이야. 고장난 툴을 지닌 남자와 이 남자를 사랑하는 여자가 메소드를 잘 써서 사랑을 완성해 가는 이야기 어때? 여자는 지은이 남자는 우리 정환이. 지은아, 우리 한 번 돈 좀 벌어보자. 내 연극의 수단과 방법이 좀 돼줘라. 그래 확 벗는 연극 만드는 거야. 확 학교도 그만두고.

현우　　미쳤구나. 너 벗는 연극하려고 유학 갔다 왔어? (머리를 가리키며) 너 이 툴이 고장 난 거 아니야?

병수　　그게 지나고 보니까 말짱 money더라고. 팔리느냐? 팔리지 않느냐 그것이 문제로다. 솔직히 자본주의 사회에서 연극도 상품 아니니? 너희들 지은이 노래하는 거 들었지? If you want me.

지은　　satisfy me.

병수　　메소드가 확 느껴지는 휠. 지성과 미모를 겸비한 연극계 유망주. 지은아, 니가 딱이다. 니가 꼭 해줘야 될 거 같다.

현우　하지마.

병수　니가 뭔데 하라 하지 마라야.

현우　너 지은이를 벗기겠다는 거야?

병수　원래 연극은 벗는 거 아니였어? 디오니소스 찬가 부르는 여자들 다 벗잖아.

현우　너 정말 왜 그래?

병수　고상한 척 하지 마. 나도 연극 할 만큼 했어. 그런데 남는 게 뭐야? 마누라는 도망가고… 아줌마 써야지. 니가 마누라 없이 애 기르는 남자의 심정을 알어?

현우　그래서 벗는 연극 하겠다고? 마누라 없는 사람은 다 벗는 연극해야 돼?

병수　왜? 왜 안 되는데? 너 얘기 들어 보니까 이번에 준비하는 연극도 벗는 연극이라며? 옷을 벗기는 거만 벗기는 게 아니야. 기억을 벗기고 영혼을 벗기는 게 진짜 벗기는 연극이라구.

현우　그건 벗기는 게 아니야, 자기를 돌아보는 거라고. 자기와 대면하는 거고 자기한테 솔직해지는 작업이라고. 지은아, 너 할 거야?

지은   대본 나오면 생각해볼게요. 박쌤은 옵션이고요. 원래 예술이라는 게 관능을 정신화하는 거 아닌가요? 정쌤이 단순히 벗기기만 하겠어요?

병수   와우! 결국 나한테 넘어온 건가?

현우   지은아, 재가 하겠다는 건 관능을 음란화하는 거야.

병수   뭐? 너, 지은이 좋아하지? 아, 그래서 매일 여기로 출근하는구나.

현우   뭐?

병수   너, 너무 막혀 있어. 너 은근히 보수적이야. 벗는 연극도 연극이라구.

현우   연극은 상품이 아니야 선물이야. 거래할 수 없는 거라고.

병수   배부른 소리한다. 솔직히 돈 있어야 연극도 할 수 있는 거 아니야? 노가다를 뛰든, 몸을 팔든, 지원금을 받든 돈이 있어야 하는 거 아니냐고. 어차피 벌 거 난 연극해서 벌겠다 이 말이야. 이 더러운 자본주의에 던져진 우리가 무엇을 할 수 있겠니? 혁명도 상품으로 만들어 버리고, 영혼도 상품화하는 이 더러운 세상에서.

현우   우리 수준이 이거 밖에 안 되는 거였니?

병수   수준?

현우	정말 난 니가 더러워서 견딜 수가 없다.
병수	난 너무 순수한 척하는 니가 역겨워서 견딜 수가 없다.
현우	너 정말 벗는 연극 할 거야?
병수	하고 싶다. 돈만 되면 뭐라도 하고 싶다. 씨발!
현우	이건 타락이야. 타락!
정환	(사이) 자본은 바벨탑을 쌓고 다들 어디론가 올라간다.

정환
말없이 욕망은 서로를 알아보고
새로 찾은 우리의 언어
깔보듯 비웃듯 아파트는 높아만 간다.

사이, 마담인 혜숙이 들어온다.

혜숙	분위기 왜 이래?
지은	(일어서며) 오셨어요?
혜숙	또 싸웠어? 니들은 만나기만 하면 싸우니? 하여간 옛날부터 유명했어. 그래도 또 만나는 거 보면 참 신기해.
병수	같이 한 잔 해 누나. 우리 저번처럼 셔터 내리고 얼굴에다 물감칠하기 고돌이 칠까? 누나, 저번에 나를 완전히 영구 만들어 놨잖아. 누나 나 좀 파괴 해줘라. 누나는 나를 파괴할 권리가 있어.

혜숙	너 취했구나.
병수	사는 게 힘들어서 그렇수다.
혜숙	(사람들을 쳐다보다가) 너희들, 연극의 반대말이 뭔지 아니? (사이) 가족. 니들 보니까 갑자기 그런 생각이 드네. 나를 포함해서 어떻게 제대로 된 사람이 하나도 없니? 보기 너무 좋다.
현우	연극은 언제나 더불어 가는 거였으니까. 연극은 언제나 무엇으로부터 벗어나는 거였으니까. 연극은 언제나 새로움의 창조였으니까. 연극은 언제나 새로운 관계의 시도였으니까.
병수	새로운 관계의 시도라?! 그래, 어쩌면 이 모든 게 다 잘된 일이지도 몰라. 안 그래 현우야? 현우야, 우리 솔로들끼리 새로운 관계 시도해볼까? 누나 어때? 지은아, 너도 낄래?
정환	어느 날 이유 없이 이상은 사라지고 우리 자본으로, 가족으로 투항했지. 돌아온 자리, 남은 건 상처뿐인가?
병수	(잔을 들고) 상처엔 알콜이 최고지 한 잔 하자. 지은이도 와.
혜숙	여기가 집이라고 생각하고 자주 들러주세요. 외상 사절. 안주만 공짜! 건배. (사이) 얘들아, 나 좀 달라 보이지

않니? 나, 이제 좀 살 거 같다. 배우생활도 다시 시작하고. 나 정말 여기서 다시 태어나고 싶어. 아니 다시 살고 싶어. 하루 하루 비슷비슷한 날들이겠지만 유쾌하게 반복하고 싶어.

병수　부라보! 부라보! 역시 역시 영원한 우리의 누이! 영원한 우리의 대모! 영원한 우리의 연인! (사이) 지은아, 너도 우리 모두의 연인이 돼줄 수 있겠니? 지은아 이게 말이다. 그게 말이다. 내가 연출할 때마다 느끼는 건데 말이다. 너 같은 여자 배우가 팀에 있으면 말이다. 초반에는 말이다. 남자들이 말이다. 봄날의 벚꽃처럼 피어난다 말이다. 그런데 말이다. 한 남자가 이 여자랑 사귀게 되면 말이다. 나머지 남자들은 말이다 생기를 잃고 집단 우울에 빠져서 말이다. 좀비처럼 맨날 술만 마시고 상상력은 먹통이 돼버리고 말더란 말이다. 그게 그렇단 말이다.

정환　그거 현우가 한 말 아닌가?

병수　그건 아니란 말이다. 그러니까 지은아. 내 말은 이 술집의 흥망성쇠는 너의 열려 있는 가슴에 달려 있다 이 말이다. Do you know?

혜숙　야!

병수 I'm sorry. 여기까지 오쟁이진 남자의 넋두리였습니다. 와, 난 왜 여자한테 인기가 없는 거야?

지은 선생님, 저 선생님 사랑해요. 선생님 엄청 귀여워요.

병수 두둥! (술잔 들고 지은에게) 자, 우리의 성행위! (사이) 아, 무식한 지인들. 성공과 행복을 위하여. 성행위!

사이.

현우 너지?

병수 갑자기 무슨 소리야?

현우 내 얼굴 찰리 채플린으로 만들어 놓은 거.

병수 뭔 소리야?

현우 어제, 니가 술 먹고 자는 내 얼굴에다가 장난친 거 아니야?

정환 현우야, 미안하다.

현우 뭐가? 너야?

정환 아니.

현우 아닌데, 뭐가 미안해.

정환 그냥, 너를 보면 미안해.

혜숙 (안주로 사과를 가지고 나오며) 사과드립니다.

현우	누나야?
혜숙	술 먹고 자는 게 귀여워서 내가 장난 좀 쳤다. 그리고 너 요즘 너무 심각해진 거 아니니? 유머가 없어졌어.
병수	(술잔을 들고 일어서며) 자, 우리의 유머를 위하여. 성행위! (반응 없자) 사과드립니다.

사이.

병수	나 말이야. 여기 올 때마다 드는 생각인데 말이야. 여기 이름 정말 기가 막히게 짓지 않았니? 연습실. 술집 이름이 연습실. 마누라가 전화해서 어디냐고 물어보면 "연습실인데." 엄청 열심히 연습하는 줄 알 거 아니야. "앞마당에 무대 만들고 뒤뜰에서 연습하자던 그 약속을 잊지 말아요. 정말 정말 잊지 말아요. 고장나도 잊지 말아요. 못생겨도 잊지 말아요. 알바해도 잊지 말아요. 이혼해도 잊지 말아요." 오혜숙 누나는 결국 그 약속을 잊지 않고, 시원하게 이혼하고 연습실을 차렸다!
정환	그 노래 들으니까 옛날 생각난다. 노래는 시간을 뛰어넘고….
혜숙	(사진 액자들을 내보이며) 옛날 필름 정리하다가 나와서 인화

해봤어. 걸어 놓게. 벌써 우리도 과거를 사는 나이에 다
다른 건지 모르겠다. 하지만 우리, 감상에 빠지지는 말
자. 있는 것은 다 필요하고 없어서 좋은 것은 없다.

병수 (사진 보며) 느낌은 흑백에서 온다. 이 사진 죽이는데. 정
환아, 이 사진 뭐 할 때지?

정환 서른다섯 살 땐가 햄릿 할 때.

병수 "존재하느냐? 존재하지 않느냐? 그것이 문제로다" 이
때만 해도 우리 정환이가 날렸는데. (다른 사진을 보며) 이
사진은 못 보던 사진인데. 이게 그래 언제 적이야? 브레
히트의 '예외와 관습' 할 땐가? 정환이하고 현우 사이
에 있는 이 여자, 인숙이 맞지? 인숙이가 예쁘긴 예뻤
네. 이때 우리 인숙이가 나 엄청 쫓아다녔는데.

혜숙 말은 똑바로 해라. 쫓아 다닌 건 너 아니야?

병수 나만 그랬나? 우리 극회 남자들 중에 인숙이 안 좋아한
남자가 어디 있다고. 그래도 사귄 기간으로 치면 우리
정환이가 제일 길 걸. 결국은 현우랑 결혼했지만 말이
야. 난 인숙이가 정환이랑 결혼 안 하고 나랑 결혼해줄
것처럼 그러다가 현우랑 결혼한 게 아직까지도 믿어지
지가 않아. 왜 사랑하는 사람과 결혼하는 사람은 다른
가? 왜?

현우 그래서, 무슨 말을 하고 싶은 거야?

병수 미안하다.

현우 누나, 이 사진 나 주면 안돼?

정환 왜? 갖다가 없애게?

현우 뭐?

혜숙 (사이) 애들 또 시작한다. 하나 더 뽑아 줄 테니까 이건 여기 두자.

병수 인숙이 보고 싶다. 나 인숙이 엄청 좋아했는데. 인숙아, 왜 너만 가니? 나도 좀 데려가지. 인숙이도 가고 마누라도 가고 남은 건 손뿐인가?

현우 그만하자.

병수 미안하다.

사이.

정환 지은아, 노래 좀 해줄래?

지은이 마이크 앞에서 노래한다. If you want me

Insert scene

현우, 자다가 일어난다.

지은, 자리를 정리하고 있다.

지은 일어나셨어요? 선생님 주무셔서 다들 2차 갔는데.

현우 지은아, 나 어디로 가니? (지은이 손을 잡고) 지은아, 나 좀 구원해 줄 수 있니? 그러니까… 아니다. (사이) 지은아, 나 어디로 가니?

지은 (사이) 선생님, 가야 할 곳은 없는 거 같아요. 여기서 황홀하게 방황하는 방법밖에.

지은, 현우를 안아 준다.

현우 지은아, 너 다른 남자한테도 이렇게 하니?

4장. 연극과 갈등 —연극의 괴로움

연습실.

배우들, 몸 풀고 있다.

현우 (들어오며) 애들아, 니들은 수단과 방법의 차이가 뭐라고 생각하니?

배우4 수단은 Tool이고 방법은 Method 아닌가요?

현우 … 오늘은 연극과 갈등, 연극하면서 겪은 괴로움에 대해 말해보자. 누가 할까?

배우3 제가 한 번 해보겠습니다. 아버지랑 무척 싸우고 거의 동가숙서가식할 때 일인데요. 아, 아버지랑은 어머니 때문에 싸웠어요. 어머니가 유방암 말기였어요. 병원에서는 손을 놨는데도 아버지가 어머니 살려보겠다고 어머니 업고 이상한 교회를 나갔어요. 안수기도하고 그런데 있잖아요. 아버지는 당신이 할 수 있는 모든 것을 하고 싶었던 거죠. 근데, 성령으로 치료한다고 하면서 이 교회가 엄청난 헌금을 강요하더라고요. 그래서 내가 아버지 정신 차리라고, 그러다가 돈도 잃고 어머니도 잃는다고 그랬어요. 근데도 듣지 않더라고요. 이 교회 목사가 죽어가는 사람들 치료한다며 전국을 순회하곤 했는데 가는 곳곳마다 아버지가 어머니를 들쳐 업고 쫓아가더라고요. 그렇게 한 5개월 살다가 어머니는 돌아가셨어요. 아버지는 얼마 안 되는 재산을 다 날리고요. 지금도 우리 아버지는 교회 열심히 다녀요. 아버지랑 대판 싸우고 집 나왔어요. 다시는 아버지 보고 싶지도 않아요. 아, 아버지 얘기가 길어졌네요. 집 나와서 연극했어요. 아는 선배가 연극해서요. 뭐 저 같은 놈도 받아주니까 고맙더라고요. 하루는 그 뭐냐 불가마 있잖아요. 갈 데가 없어서 불가마 수면실에서 잠을 자는데, 자는데 뭐가 이상하더라고요. 눈을 떠보니까 옆에 있는 바싹 마른 놈이 내 몸을 더듬고 있더라고요. 일어나서 뭐라고 그럴까 하다가 그냥 크게 한숨을 쉬었죠. 에휴~! 근데 옆에 있던 놈이 손을 슬그머니 내려놓더니 자기도 크게 한숨을 쉬더라고요. 에휴~! 씨발 좆 같은 인생 둘이서 한숨을… 지나고 보니까 그놈이 참 고맙더라고요. 세상에 나를 만지고 싶어하는 사람도 있다는 게. 근데

연극이 저 같은 놈한테 구원이 될 수 있을까요? 저보다
힘겹게 사는 사람도 많겠죠?

배우3, 노래한다.

5장. 어떤 오류

카페, 연습실.

비가 온다.

사람들, 술이 좀 됐다.

아래 장면은 현우 기억 속에 남아 있는 파편들로 구성된다.

현우　남자 나이 사십 대가 뭐지?

정환　글쎄? 택시 타고 가는데 불연듯, 아무 이유 없이 눈물이 나는 나이? 어제 택시 타고 집에 가는데 그냥 눈물이 쭉! 아무 이유 없이. 기사 양반이 룸 미러로 내가 우는 걸 봤는지. "이별이라는 게 참…" 하면서 말을 잇지 못하더라고. 말줄임표에 숨은 사연 때문에 또 눈물이 쭉!

병수　(우산을 가슴에 품고) 비오는 날 가지고 온 우산이 집에 가면 없어지는 나이. 거울 보기 싫고, 사진 찍기 싫은 나이.

혜숙　화장한 얼굴이 자기 진짜 얼굴이라고 생각하는 나이.

현우　술 자리에서 내가 한 말을 나보다 옆 사람이 더 많이 기

억하는 나이. 눈 떠 보니까 집인데 집에 어떻게 들어왔
는지 모르는 나이.

병수 이빨에 뭐가 자꾸 끼는 나이.

정환 꿈에서 겪은 일이 현실의 일처럼 느껴지거나 둘이 같이
섞여서 기억되는 나이.

병수 데카르트! 꿈이건 현실이건 아무리 회의를 거듭해도 내
가 생각하고 있다는 거, 내가 의식활동을 하고 있다는
것은 자명하다. cogito ergo sum.

혜숙 의식이 고도화된 물질이라면 우리 의식도 물질이라는
말인데, 돌려 생각하면 모든 사물이 의식을 갖고 있다
는 말도 되는 게 아닐까? 혹시 나무나 바위 따위가 나
보다 더 많은 기억을 지닌 것은 아닐까? 문제는 사물에
서 슬픔을 제거하는 게 되겠지.

지은 아, 어렵다.

정환 내가 한 말이 니가 한 말인지 니가 한 말이 내가 한 말
인지 혼동되는 나이. 그러므로 나는 온갖 오해와 환상
과 꿈과 착각과 온갖 고집으로 구성된 허깨비 아닐까?

현우 그러므로 나는 살기 위해 구성된 어떤 오류가 아닐까?
기억이 없으면 고통이 없을까? 아니, 기억이 없으면 현
재가 존재할까?

병수 베르그송! 과거는 기억으로, 현재는 수축으로, 미래는 영원회귀로.

혜숙 기억 그 자체는 기쁨도 고통도 아니겠지. 중요한 건 기억을 기쁨으로 전화하는 어떤 창조적 긍정의지가 아닐까?

지은 아, 어렵다.

병수 뭐가 어려워? 니 몸이 하나의 완벽한 사상인데.

지은 그건 좀 쉬운데요. 호호호.

병수 웃은 것도 완벽한 사상이네. (사이) 야, 너희들 내가 돈 벌려고 어떤 궁리까지 하는지 알아? 내가 트로트 가사까지 작사한다 야. 내가 작사한 거 들어볼래? 마침 오늘 AR이 나왔습니다. 지은아, 이것 좀 틀어봐. (마이크 잡고) 제목은 '사랑의 대못질'

병수, 노래한다.

꽝꽝꽝꽝 박지 마세요

대못질 하지 마세요

날 잡아 두려고 사랑의 대못질 하지 마세요

꽝꽝꽝꽝 박지 마세요

대못질 하지 마세요

날 잡아 두려고 사랑의 대못질 하지 마세요

당신의 망치질에 내 가슴 설레고

당신의 대못질에 난 당신의 사람

당신은 얄미운 목수 (목수 목수 목수)

당신은 얄미운 목수 (목수 목수 목수)

날 잡아두려고 날 새겨두려고

대못질 하지 마세요

사랑의 대못질 꽝꽝꽝

지은   정쌤, 너무 재미있어요.

현우   하지마. 유치해서 못 듣겠다. 너 정말 돈에 미쳤구나.

병수   그래, 나 미쳤다 새끼야.

혜숙   좋은데 왜? 당신은 얄미운 목수 목수 목수 목수.

현우   누나!

정환   꽝꽝꽝

비 한없이 내리고

방울방울 기억들은 꽝꽝꽝 지금을 강타하네.

나 평생 모기한테 몇 번을 물려야 죽음에 다다를까

병수   야, 좋은데. 내가 들어 본 시 중 최고다.

조명 아웃.

현우 의식의 암전상태.

병수 모기한테 몇 번 물려야 죽을까?

정환 천 번 하고 세 번 더.

사이.

여자 (조명 들어오면) 선생님, 선생님의 문제가 뭔지 알아요? 선생님은 현실에 대한 문제의식 없이 텍스트를 현실에 실현하려고 하고 있어요. 선생님은 텍스트에 빠져서, 선생님 이상에 비춰서 현실을 부정하고 증오하고, 세상이나 사람들을 미워하고… 선생님이 이렇게 매일 술을 드시는 거 세상을 변화시키는 데 아무런 도움이 안 돼요.

남자 연극은 말이야. 텍스트를 무대에 실현하는 거야.

여자 아니요. 제 말은요, 그러니까 선생님은 텍스트의 세계만 고집하지 그 텍스트가 현실과 만나는 지점에 대해서는 고민을 안 하신다는 말이에요. 그건 텍스트를 박제화 시키는 거예요. 죽이는 거라구요.

남자 너 지금 나한테 훈계하는 거냐?

여자　아니요. 저 선생님 존경해요. 걱정이 돼서 그래요. 이렇게 매일 술 마시고 우울해 하고… 이게 다 선생님이 텍스트에만 빠져 살아서 그런 거라구요. 연극은 현실도피가 아니잖아요. 우리가 좀 더 절제하는 삶을 산다면 삶은 많이 달라질 거예요. 저는 그렇게 믿어요.

남자　(귓속말로) 너랑 자고 싶다.

여자　(사이) 와, 이 새끼 이거 완전히 인간 말종이네. 뭐? 텍스트는 차이들의 체계라고? 데리다? 엿 같은 소리 하지 마. 확 데리다 해체 시켜줄까? 너 같은 놈들을 딴따라라고 하는 거야? 불행은 혼자 다 감당하는 척하면서 그럴듯한 외국 이론이나 들먹이고 개폼이나 잡고 좆도 현실에 대해서는 고민 안 하는 것들. 어떻게 하면 여자 하나 자빠뜨려볼까 하고 온갖 수작 다 떠는 놈들. 넌 니가 멋있다고 생각하냐? 반성 좀 해라. 제발 문제의식 좀 갖고 살아라. 씨발 돈도 안 되는 연극하면서 존심은 있어야 할 거 아니야. 야, 일어나. 같이 자자고 그래놓고 너 먼저 자면 어떻게 해. 일어나! (사람들한테) 뭘 봐? 뭘 보는데 이 딴따라들아.

조명 아웃.

현우 의식의 암전상태.

병수　　체흡이 몇 살에 죽었지?

정환　　마흔네 살.

사이.

혜숙　　(조명 들어오면) 한국이 낳기만 하고 키워주지는 않는 거
　　　　같은 대문호 김현우, 왜 이렇게 피곤해 보여?

현우　　그래 보여요? 어제 잠을 잘 못 자서.

혜숙　　불면증 그거 큰 병인데. 나 이혼하고 한두 달 잠 못 잤
　　　　잖아. 나 9층에 살잖아. 베란다로 밖을 보고 있으면 속
　　　　에서 이상한 소리가 들려. "뛰어 내려. 뛰어 내려" 내가
　　　　얼마나 괴로운지 정신과 상담을 다 받았다. 근데 내 참
　　　　어이가 없어서. 의사가 그러더라. 왜 잠을 못 자는 거
　　　　같냐고. 그걸 나한테 물으면 어떻게 하라는 거니? 약이
　　　　라고 처방해주는데 수면제더라. 문제는 수면제 먹어도
　　　　잠이 안 온다는 거야. 그래서 마음 다잡고 등산을 시작
　　　　했지. 한 닷새 정도 하루도 쉬지 않고 등산했어. 그리고
　　　　집에 와서 상추쌈 먹고 누웠는데, 나 어떻게 잤는지도

모르게 졌다. 나 요즘도 상추 보면 너무 고마운 마음이 들어. 성스러운 상추! 그리고 말이야. 대부분 이 머리의 문제는 다 발의 문제 아니겠니? 현우야, 잠 안 오면 등산 시작해. 잠 안 오는 데는 등산이 최고 같아.

현우 왜 그 노래 있잖아 '둥근 해가 떴습니다.' 어제 자려고 하는데 갑자기 그 노래가 머리에서 뱅뱅 맴돌더라고. 그래서 그 가사 기억하려고 했지. 근데 그 짧은 노래 가사 하나가 기억나지 않는 거야. 혼자 이렇게도 불러보고 저렇게 불러봐도 끝이 안 나더라구. 그 노래 기억하려고 애쓰다보니까 둥근 해가 뜨더라고.

병수 그 노래 간단하잖아. 둥근 해가 떴습니다. 자리에서 일어나서 제일 먼저 이를 닦자.

현우 그게 맞어? 야 누가 일어나자마자 이를 닦아? 밥부터 먹는 게 맞지. 세수를 하든지.

병수 그 노래는 그래. 그리고 우리 어릴 때는 밥 먹기 전에 이를 닦았어.

현우 얘, 무슨 말하는 거야? 그래서 너 입에서 그렇게 냄새가 나니?

병수 내 입에서 무슨 냄새가 난다고 그래?

현우 엄청 나.

병수   정말? 정환아, 내 입에서 냄새 많이 나니?

정환   엄청 나. 니 말에서 똥 냄새 나.

병수   그래, 근데 나는 왜 그걸 못 느끼지? 하여간 그 노래에서는 이부터 닦아.

현우   혹시 니 마누라 너 입에서 냄새 나서 도망간 거 아니야?

병수   뭐?

현우   너 우리가 만나주는 거 고맙게 생각해. 하여간 제일 먼저 세수하는 거 아니야?

병수   아니야. 이를 먼저 닦어. 제일 먼저 이를 닦자 위에 아래 이 닦자.

정환   아니야. 아니야. 윗니 아랫니 닦자야.

혜숙   어금니부터 닦는 거 아니니? 어금니 먼저 닦자.

병수   누나 취했어? 지은아, 뭐가 맞니?

지은   윗니 아랫니 닦자가 맞을 걸요.

현우   제일 먼저 밥먹는 거 아닌가? 좋아. 그 다음은?

지은   세수할 때 깨끗이 이쪽 저쪽 꼭 닦고.

혜숙   이쪽 저쪽 목 닦고 아니야?

지은   이쪽 저쪽을 꼭 닦고. 목은 샤워할 때 닦는 거 아니에요?

병수   아니야. 이쪽 저쪽 목 닦고. 그 다음이 뭐지?

혜숙 이불 개고 아닌가?

현우 누나, 세수하고 누가 이불을 개? 맞다. 꼭꼭 씹어 밥을 먹고 학교에 갑니다 씩씩하게 갑니다. 맞어. 맞지?

병수 아니야. 아니야.

지은 학교가 아니라 유치원 아니에요? 그리고 뭐가 빠졌어요. 머리 빗고 뭐 있는데. 제가 인터넷 검색해볼까요?

현우 검색하지 마. 우리가 돌대가리야?

병수 하여간 집요하긴. 좋아 한 번 가보자. 세수할 때는 깨끗이 이쪽 저쪽 목 닦고

현우 이쪽 저쪽을 꼭 닦고 아니야?

병수 아니야. 이쪽 저쪽 목 닦고 꼭꼭 씹어 밥을 먹고

현우 아니야. 아니야. 그게 아니라니까. 아 정말 뭐야? 미치겠다.

정환 우리 인숙이가 있었으면 금방 다 기억해냈을 텐데.

현우 뭐? 우리 인숙이? 너 취했어? 인숙이 죽었어. 인숙이 죽었어, 임마.

정환 안 취했고. 인숙이는 살아 있어.

현우 너, 지금 장난하니?

혜숙 그래, 인숙이는 우리가 죽기 전까지는 우리 기억 속에 살아 있을 거야. 육체는 가도 그 사람이 남기고 간 삶의

방식은 남는 거 아닐까? 그게 그 사람의 영혼이니까.

현우 어떤 방식? 누나한테 배운 막 퍼주는 방식! 누나는 그
방식이 나를 얼마나 아프게 했는지 모를 거야.

혜숙, 현우 말에 상처 받고 화장실에 간다.

병수 야, 새끼야. 그게 누나한테 무슨 말 버릇이야?

병수, 혜숙을 위로하러 간다.

현우 정환아, 인숙이의 문제점이 뭐였는지 알아?

정환 ….

현우 못 잊는다는 거.

정환 내가 말하는 인숙이는 니 부인이 아니야.

현우 뭐? 그럼 니 부인이야?

조명 아웃.

현우 의식의 암전 상태.

혜숙 청단. 병수 독박.

병수 야, 니가 거기서 국진을 내면 어떻게 해.

사이.

조명 들어오면 지은, 혜숙, 병수하고 현우 얼굴에다 물감칠 한다.
사람들, 재미있어하며 웃는다.

병수 분장한 김에 우리 즉흥 연극 하나 해볼까? 현우야, 우리
2인극 한 번 해보자. (사이) 조명 인. 너 현우 알지? 그 자
식 너무 위선적이지 않니?

현우 맞어. 너 병수 알지? 그 자식 변절자 같지 않니?

병수 맞어. 너 병수 알지? 그 자식 너무 싸가지 없지 않니?

현우 맞어. 너 현우 알지? 그 자식 너무 나대지 않니?

병수 (전화해서) 현우야, 너 그렇게 살지 마라. (전화 끊고) 현우야,
이 자식 전화는 받는데.

현우 (전화해서) 병수야, 너 그렇게 살지 마라. (전화 끊고) 병수야,
이 자식 전화는 받는데.

병수 (전화해서) 병수야, 나야 병수. 너 왜 그렇게 사니? (전화 끊
고) 이 자식 전화는 받는데.

현우 (전화해서) 현우야, 나야 현우. 너 왜 그렇게 사니? (전화 끊

고) 이 자식 전화는 받는데.

병수　(전화 받으며) 누구? 병수? 그래 나다 병수. 뭐? 너나 똑바
로 살라고?

현우　(전화 받으며) 누구? 현우? 그래 나다 현우. 뭐? 너나 똑바
로 살라고?

병수　현우, 개 정말 왜 그러니?

현우　병수, 개 정말 왜 그러니?

정환, 지은에게 귓속말로 뭐라고 그런다.

현우　정환이 너, 지금 지은이한테 뭐라 그랬어? 너 지은이한
테 자고 싶다고 그랬지?

병수　(연극인 줄 알고) 정환이 너, 지금 지은이한테 뭐라 그랬어?
너 지은이한테 자고 싶다고 그랬지?

의식의 암전 상태/빗소리.

조명 들어오면 현우 노래한다.

현우　(마이크 잡고) 둥근 해가 떴습니다. 자리에서 일어나서 제
일 먼저 세수하자.

병수 아니야. 아니야. 제일 먼저 이를 닦자라니까.

현우 (버럭) 들어! 머리 빗고 옷을 입고 거울을 봅니다. 꼭꼭 씹어 밥을 먹고 윗니 아랫니 닦고… 이게 아닌데….

혜숙 그만해라. 현우야.

사이.

빗소리.

현우 (술 마시고 나서) 정환이 너, 인숙이 얘기 꺼낸 저의가 뭐야?

정환 어떤 인숙이? 니 인숙이? 내 인숙이?

현우 말장난 하지마.

정환 인숙이는 우리 모두의 것이야. 아니, 인숙이는 우리 모두를 사랑하려고 노력했어.

현우 그래서? 무슨 말을 하고 싶은 건데. 인숙이가 나랑 결혼해준 거다?

혜숙 현우야!

정환 뭐? 나는 니가 병수보다 더 속물 같아 보인다.

혜숙 박정환!

현우 속물?!

정환 기억마저 다 니 것으로 만들려고 하잖아. 우리는 인숙
      이를 기억 속에 담지도 못하니?

현우 기억이 아니겠지?

      사이.

      빗소리.

현우 (술 마시고 나서) 정환이, 너. 내가 인숙이랑 결혼하고 나서
      도 인숙이 만났지?

혜숙 현우야, 유치하게 왜 그래? 우리 다 인숙이 만났어.

병수 만났다. 만나야만 했다.

정환 너 지금 소유권 주장하는 거니? 그래, 만났다.

현우 왜 그랬어? 왜? 책임도 안 지고 도망만 가다가 결혼하
      고 나니까 왜?

정환 보고 싶고 그리우니까. 그리움은 죄가 아니잖아?

혜숙 정환아. 너까지 왜 그래?

정환 누나도 알잖아? 우리 모두 인숙이를 사랑했어. 너도, 나
      도, 병수도, 혜숙이 누나도. 그리고 더러운 가족제도에
      서 벗어나고 싶다고 늘 말하던 건 너야. 더러운 사적소
      유에서 벗어나야 한다고 말했던 건 너야. 우리 속에 들

어 있는 악령이 사적소유라고 말한 것도 너라고. 그건 다 말이고 허울이었어?

혜숙　정환아!

정환　공유되어야 할 것이 사적소유로 전락하면 사람들은 바보가 되지. 삶은 파랗게 곰팡이 슬고, 몸은 기가 빠져 바닥에 나뒹굴고, 의식은 발을 떼지 못하고, 말은 유머를 잃고, 음식은 맛을 잃고, 시선은 냉소가 되고, 놀이는 공허가 되지. 내 꺼! 내 꺼! 내 꺼! 모든 걸 내 앞에 세워 깎고 정리하고 정복하는 이 더러운 구도 앞에, 이 더러운 악령 앞에서 세상은 빛을 잃고 웃음을 잃고 노래를 잃고!

현우　(일어서며) 그래서, 그래서 인숙이를 공유하고 싶어서 나 몰래. 나 몰래….

혜숙　(말리며) 그만 좀 해라. 너 취했어. 제발 잊어. 가자.

현우　(밀치며) 누나는 빠져. 누나는 이 싸움에 낄 자격이 없어. 우리가 누구 때문에 이렇게 됐는데. 누나는 우리 생각, 감정을 지배해왔어. 그것도 교묘하게. 빠져, 빠져서 구경이나 하라고 누나는.

혜숙　개새끼!

현우　인숙이 죽는 날 니가 인숙이한테 전화했지? 그래서 너 만나러 가다가 너 만나러 가다가….

정환   (일어서며) 그래 내가 전화했다. 비도 오는데 보고 싶더라.

현우   개새끼! 비가 오는데 왜 인숙이가 보고 싶어?

정환   그래, 차라리 내가 한 거였으면 좋겠다. 현우야, 내가 한 거니 안 한 거니? 내가 전화한 그 인숙이가 그 인숙이니, 아니면 다른 인숙이니? 아님, 내가 미안해서 그렇게 생각하고 싶은 거니? 그래, 내가 한 거로 쳐라. 꿈에서는 수없이 인숙이한테 전화를 했으니까. 내 욕망이 인숙이를 원하고 있었으니까. 어제도 하고 오늘도 했으니까. 아니, 비가 오면 대지는 거대한 악기가 되니까. 비가 인간이라는 이 더럽고 답답한 굴레를 벗겨내니까. 비가 오면 누구라도 만나 미치고 싶으니까. 누구라도 만나 이 미칠 거 같은 음악을 완성하고 싶으니까.

현우   헛소리 하지마. 비겁한 새끼. 했으면 했다고 그래. 인숙이를 죽인 건 너잖아.

혜숙   그래, 인숙이 내가 죽였다. 그래 내가 다 잘못했으니까 제발 그만 좀 하자.

병수   (일어서며) 인숙이를 죽인 거 나야. 내가 전화했다. 내가 죽인 거로 쳐라.

정환   그래. 내가 전화했다. 내가 전화한 거로 쳐라. 내가 죽였다. 내가 죽인 거로 쳐라. 내가 죽으면 다 해결되는 거니? 그래 나를 죽여 저 우주의 음악 속으로 던져줘라.

병수　(울며) 나도 좀 던져줘라. 이 더러운 세상 나도 좀 떠나게 해줘라.

혜숙　니들 정말 왜 이래? 이럴 거면서 왜 만나? 왜?

병수　보고 싶고 그리우니까. 그리움은 죄가 아니니까.

병수, 혼자서 되도 않는 '둥근 해가 떴습니다' 를 부르고 있다.

혜숙, 울고 있는 병수를 안아 준다.

현우　미안해. 누나. 미안하다. 정환아. 정환아, 미안해. 인숙이 내가….

현우, 코 골다 잠들어 버린다.

Insert scene

혜숙, 기타 치며 노래하고 있다.

현우, 자다가 일어난다.

혜숙　일어났어?

현우　누나, 나 어디로 가야 하지? 누나, 나 좀 구원해 줘라.

혜숙　(얼굴의 물감칠을 지우며) 현우야, 우리가 원한심에만 빠지지 않는다면 세상은 좀 더 살만한 곳이 될 거야. "내 속에는 알렉산더 대왕의 혼도 있다. 시이저의 것도, 셰익스피어의 것도, 나폴레옹의 것도, 최후의 거머리의 영혼도, 그 모두 있는 것이다. 내 속에서 인간의 의식이 동물의 본능과 융합되었다. 그래서 나는 모든 것을 빼놓지 않고 모조리 기억하고 있다. 나는 그 하나 하나의 삶을 또 다시 새로이 체험하고 있는 것이다." (사이, 현우를 안으며) 니 속에는 인숙이의 것도, 현우의 것도, 병수의 것도, 정환이의 것도, 나의 것도… 이 세상 모든 것도….

6장. 연극과 술

연습실.

현우, 전날 술이 과해 연습에 참가하지 못했다.

배우들끼리 연습을 진행한다.

배우1   어제 과음해서 오늘 연출 못 온다고 하네. 우리끼리 연습하자. 무거운 거 말고 뭐 재미있는 거 없냐?

배우4   연극과 술. 좀 지저분한 이야긴데요. 저 의정부 살 때 일이에요. 그때는 의정부역이 종착역이었어요. 공연 끝나고 맥주 몇 잔 한 날이었어요. 전철 막차 타고 집에 가는데 배가 살살 아픈 거예요. 참을만 했어요. 그런데, 의정부역에 내려서 계단 올라가는데 도저히 참을 수 없더라고요. 화장실 찾는데 보이지도 않고, 나오려고 하는 똥을 참는데 식은 땀까지 나서 잘 걷지도 못하고. 보니까 사람들이 다 빠져 나가고 나만 남았더라구요. 어떻게 해요. 바지에다 똥을 쌀 수는 없잖아요. 그래서 사람도 없겠다 바지 까고 계단 구석에다 일을 봤죠. 근데 내가 탄 차가 막차가 아니었어요. 전철이 들어오고 사람들이 우르르 막 계단으로 올라오는데 미치고 팔짝 뛰겠더라구요. 그래서 에라 모르겠다 하고 술 취한 사람처럼 연기했죠. "뭘 봐. 똥 누는 거 처음 봐?" 사람들이 기겁을 하고 도망가더라구요. 그리고 며칠 지나서 맥주 몇 잔 하고 집에 오는데 이번에는 오줌이 마려운 거예요. 그때는 다행히 전철역 빠져 나와서 길가였는데 전경차 몇 대 서 있더라고요. 그래서 전경차 사이에다 소변을 봤죠. 근데 순찰 돌던 전경이 나를 발견한 거예요. 쪽 팔려 죽겠는데 그 전경이 나를 위 아래로 쳐다 보면서 뭐라고 그랬는지 알아요? "이 아저씨 며칠 전에 의정부역 계단에서 똥 누던 아저씨 아니야?" (사이) 그 때 제가 자주 부른 노래예요.

배우4, 노래한다.

7장. 기억찾기/죽음

카페, 연습실.

비.

현우　너 똑바로 얘기해. 어제 무슨 일 있었지?

병수　무슨 일은? 술 마셨지.

현우　그게 아니라 왜 내 옷에 피가 묻었냐구?

병수　그걸 내가 어떻게 알아? 오늘 하루 좀 쉬려고 했는데 불러내서 뭐하는 거야? (우산을 끼고) 오늘은 절대로 우산 잃어버리지 말아야지. 어제 또 잃어버렸어.

현우　어제 나 싸웠어?

병수　너 술만 먹으면 싸우잖아. 막 떠들다 자고.

현우　정환아, 어제 무슨 일 있었어? 우리 싸웠어?

정환　아니.

현우　내 기억에 분명히 싸웠는데, 와 미치겠다. 너희는 내 더러운 기분 모를 거야. 오늘 내내 아무리 생각해도 노래

가사 가지고 뭐라 뭐라 한 거 밖에 생각이 안 나.

병수 우리도 안 나. 야, 그냥 잊어. 늘상 있는 일인데 뭘 그 래?

현우 아니, 피! 피! 왜 내 옷에 피가 묻었냐고?

병수 집에 가다가 어디 부딪혔나보지. 설마 우리가 너를 쳤 겠니?

현우 몸은 말짱하니까 하는 소리 아니야.

병수 나는 잘 모르겠다. 지은이한테 물어봐.

현우 지은아, 어제 무슨 일 있었니?

지은 글쎄요? 무슨 일이 있었을까요? 선생님, 어제 테이블 위에 올라가서 옷 벗고 저한테 사랑 고백했는데. 정말 기억 안 나요?

현우 뭐? 정말?

지은 농담입니다.

현우 야! 혜숙이 누나, 누나는 알지?

혜숙 (안주 가지고 오며) 오늘은 가볍게 하고 가자. 아무 일 없었 으니까 술이나 마셔.

현우 뭔가 있었어.

병수 너 왜 그래 정말? 어제부터.

현우 내가 뭘?

병수 그 뭐야, '둥근 해가 떴습니다' 가사 기억 안 난다고 우리 괴롭히고. 야, 술 먹고 나이 먹으면 기억이 잘 안 나는 게 당연하지.

현우 지금 그 얘기가 아니잖아. 다 모여. 우리 복기해보자.

병수 뭘 해? 이게 바둑이야?

현우 어제 이곳에서 우리가 했던 거 다시 복기해보자고.

병수 아무 일 없었어요. 이 친구야. 앉어.

현우 아니야. 내 무의식이 기억하는 더러운 게 있단 말이야.

병수 그럼 무의식 보고 기억하라고 그래. 무의식은 원래 그런 거 하라고 있는 거야. 잠자면서 꿈이나 꾸라고. 얘 정말 술 먹게 만드네. (술 마신다)

현우 니가 트로트 불렀지?

병수 불렀다. 사랑의 대못질. 꽝꽝꽝. 당신은 얄미운 목수 목수 목수 목수.

혜숙과 지은, 따라 부른다.

현우, 양주를 가지고 와서 혼자 따라 먹는다.

혜숙 야!

병수 깼네.

현우 지은아, 니가 나한테 딴따라라고 그러지 않았니?

지은 그건 옆 자리에 있던 어떤 여자분이 한 말인데요.

현우 정환아, 니가 데리다 얘기 하지 않았어?

지은 그것도 옆 자리에 있던 어떤 남자분이 한 얘기에요. 김 쌤, 무서워요. 형사 같아요.

현우 병수야, 니가 그 노래 먼저 시작했지? 둥근 해가 떴습니 다. 해봐.

병수 뭘 해?

현우 (버럭) 해봐!

병수 너 사람 치겠다. (사이) 둥근 해가 떴습니다. 자리에서 일 어나서 제일 먼저 이를 닦자.

현우 야, 누가 밥 먹기 전에 이를 닦아?

병수 그 노래는 그렇게 되어 있다니까? 그리고 우리 어릴 때 는 밥 먹기 전에 이를 먼저 닦았어.

현우 애 무슨 말하는 거야? 그래서 너 입에서 그렇게 냄새가 나니?

병수 내 입에서 무슨 냄새가 난다고 그래?

현우 엄청 나.

병수 정말? 정환아, 내 입에서 냄새 많이 나니?

정환 엄청 나. 니 말에서 똥냄새 나.

병수 알았어. 이게 뭐하는 짓이야? 나 갈래.

현우 어딜 가. 앉어. 그 다음에.

지은 제가 인터넷 검색해보려고 하니까 말렸어요. "제가 인
터넷 검색해볼까요?"

현우 검색하지 마. 우리가 돌대가리야? (사이) 그래 이제 조금
씩 생각난다. 그 다음에 뭐했지? 가사 기억하다가 또 뭐
했잖아.

지은 혜숙이 언니가 고스톱 치자고 해서 고스톱 쳤어요. 얼
굴에다 물감으로 색칠하고. 제가 선생님 완전 삐에로
만들었는데. 맞다. 물감칠 하다가 선생님 옷에 빨간 물
감이 묻었나 봐요?

현우 너 내가 바보로 보여? 거짓말하지 마. 분명히 피였어.

병수 그만하자.

현우 뭘 그만해? 너 왜 내가 부르는 가사마다 아니라고 했
어?

병수 아니니까 아니라고 했지.

현우 누가 밥 먹기 전에 이빨을 닦아?

병수 아 그 노래는 그렇다니까. 이게 싸울 일이야? 지은아,
인터넷 검색해봐.

현우 하지 마. 병수야 너랑 나랑 무슨 연극하지 않았어? 다시

하자.

병수　뭘 다시 해?

현우　다시 해! 지은아, 팔레트 가져와. (팔레트와 붓을 가지고 오자 병수에게) 칠해! 칠해봐!

병수　뭘 칠해? 아, 이 돌아이 자식.

병수, 현우의 얼굴에 물감칠한다.

사이.

현우　(전화해서) 병수야, 너 그렇게 살지 마라. (전화 끊고) 이 자식 전화는 받는데.

병수　(전화해서) 병수야, 나야 병수. 너 왜 그렇게 사니? (전화 끊고) 이 자식 전화는 받는데.

현우　(전화해서) 현우야, 나야 현우. 너 왜 그렇게 사니? (전화 끊고) 이 자식 전화는 받는데.

병수　(전화 받으며) 누구? 병수? 그래 나다 병수. 뭐? 너나 똑바로 살라고?

현우　(전화 받으며) 누구? 현우? 그래 나다 현우. 뭐? 너나 똑바로 살라고?

병수 병수, 걔 정말 왜 그러니?

현우 현우, 걔 정말 왜 그러니? (사이) 그 다음에? 그 다음에? 정환아, 니가 인숙이 뭐 어쩌고 저쩌고 하지 않았어?

정환 비가 왔어 비가.

병수 니가 인숙이 보고 싶다고 그랬어. 니가 인숙이 죽였다고 인숙이한테 미안하다고.

혜숙 니가 인숙이 죽였다고 자학하면서 니 얼굴 때려서 우리가 말렸어.

현우 그럼 그때 피가 난 거야? 아니야.

혜숙 그만하자. 현우야.

현우 정환아, 잘 기억해봐. 니가 인숙이 얘기했지? 했어.

혜숙 현우아. 이게 무슨 짓이야? 내가 그만하라고 그랬지.

현우 누나, 왜 화를 내? 뭐 숨기는 거 맞잖아.

혜숙 너 정말 도대체 뭐가 알고 싶은데?

현우 나는 그냥 무슨 일이 있었는지 알고 싶을 뿐이라구요. 그 다음에? 그 다음에 왜 생각이 안 나? 왜 기억을 못 해? 정환이 너 빨리 기억해봐. 니가 뭐라고 그랬잖아. 내가 너를 때렸니? 니가 나 때렸어? 너 지은이한테 자고 싶다고 그랬지?

지은 선생님. 전 박쌤이 저보고 먼저 가라고 해서….

현우 거짓말 하지 마. 너 정환이랑 잤지? 너 솔직히 정환이가 좋지? 너 얼굴 성형했지?

지은 네?

혜숙 현우, 너 미쳤니? 이럴 거면 다 나가!

지은 (울며) 선생님, 저한테 왜 그래요? 저 선생님 존경한단 말이에요. 선생님 이런 사람 아니잖아요. 선생님은 왜 자꾸 사람들을 나쁜 사람 만드는데요? 선생님은, 제가 이런 데서 일한다고 걸레로 보여요?

현우 와 미치겠다.

혜숙 지은아, 일어나.

혜숙, 병수, 지은을 데리고 나간다.

정환, 일어난다.

현우 (잡아 앉히며) 어디 가? 앉어!

정환 현우야, 가자, 어디론가 가자 우리.

현우 (정환에게 술 따라 주며) 마셔. 마셔! (사이) 정환이 너 나한테 뭐 숨기는 거 있지?

정환 미안하다.

현우 뭐가? 뭐가 미안해?

현우, 술 마신다.

현우 생각난다. 정환아, 니가 인숙이 보고 싶다고 그랬지?

정환 그래, 내가 인숙이 보고 싶다고 그랬다. 됐니?

병수 (들어오며) 나도 인숙이 보고 싶다고 그랬어.

혜숙 (들어오며) 나도 인숙이 보고 싶다고 그랬어. 이제 됐어?

현우 누나, 내가 마이크 잡고 노래했죠?

혜숙 너 술만 먹으면 마이크 잡고 노래해.

현우 (술 마시고) 내가 마이크 잡고 뭐라고 그랬지?

사이.

현우 (마이크 잡고) 둥근 해가 떴습니다. 자리에서 일어나서 제일 먼저 세수하자.

병수 이를 닦자라니까.

현우 들어! 머리 빗고 옷을 입고 거울을 봅니다. 꼭꼭 씹어 밥을 먹고 윗니 아랫니 닦고. 이게 아닌데….

병수 그만해라. 추하다 임마.

빗소리.

병수　(우산을 펴고) 비가 온다. 비가 와! 어제처럼 비가 온다.

현우　정환이 너. 내가 인숙이랑 결혼하고 나서도 인숙이 만났지?

혜숙　현우야, 우리 다 인숙이 만났어.

병수　만났다. 만나야만 했다.

정환　만났다.

현우　왜? 왜? 책임도 안 지고 도망만 가다가 결혼하고 나니까 왜?

정환　보고 싶으니까. 그리우니까. 그리움은 죄가 아니잖아?

정환, 일어난다.

현우　어디 가? 앉어.

정환　인숙이 만나러 간다.

현우　뭐? 너 취했어? 인숙이 죽었어. 인숙이 죽었다고.

정환　그러니까 화장실 좀 가자. 그래, 우리 제발 어디론가 가자. 이 지상이 아닌 그 어디로라도. (화장실로 가며) 저 비상구를 나가면 우리 쌩뚱맞은 결론에 도달할 수 있을까?

　　너에게 가며 나는 한없이 나에게로 가고

　　나에게로 가며 나는 또 한없이 너에게로 간다

화장실 가는 정환.

아래 대사는 정환의 시와 오버랩된다.

현우   내 옷에 피, 피가 왜 묻었냐고?

혜숙   그만해라. 이리 와. 앉아. 앉아 봐. 내가 다 말해줄게. 니가 계속 정환이 의심했어. 니가 몰아 세운 게 문제였는지 정환이가 코피를 무척 많이 흘렸어. 정환이가 코피 흘리니까. 미안하다고 미안하다고 하면서 니가 울면서 정환이를 안아 줬어. 그때 피가 묻었을 거야.

현우   아니야. 내가 울었다고? 누나, 지금 거짓말하는 거지?

혜숙   맞어. 이쯤에서 끝내자.

현우   그런데 왜 지금 그 얘기를 해. 더 빨리 할 수도 있었잖아.

혜숙   뭐 좋은 얘기라고 확인 사살을 해.

현우   아니야. 정환이가 나한테 무슨 말을 했어. 뭐라고 했다구.

사이.

현우   우리 다시 시작해. 내가 노래하는 데부터 다시 시작하자. (마이크 잡고) 둥근 해가 떴습니다. 자리에서 일어나서 제일 먼저 세수하자 이쪽 저쪽을 목 닦자.

병수 그만 좀 해. 새끼야. 나도 내 무의식이 기억하는 더러운
게 있으니까.

혜숙, 일어나서 화장실 간다.
현우, 술을 마신다.

현우 머리 빗고 옷을 입고 거울을 봅니다. 꼭꼭 씹어 밥을
먹고 윗니 아랫니 닦고 이게 아닌데… 이게 아니야. (술
마시고 정환이의 동작을 흉내 내며) 보고 싶고 그리우니까. 우
리 모두 인숙이를 사랑했어. 너도, 나도, 병수도, 혜숙
이 누나도. 그리고 더러운 가족제도에서 벗어나고 싶
다고 늘 말하던 건 너야. 더러운 사적소유에서 벗어나
야 한다고 말했던 건 너야. 우리 속에 들어 있는 악령
이 사적소유라고 말한 것도 너라고. 그건 다 말이고 허
울이었어?

병수 보고 싶고 그리우니까. 우리 모두 인숙이를 사랑했어.
공유되어야 할 것이 사적소유로 전락하면 사람들은 바
보가 되지. 삶은 파랗게 곰팡이 슬고, 몸은 기가 빠져
바닥에 나뒹굴고, 의식은 발을 떼지 못하고, 말은 유머

를 잃고, 음식은 맛을 잃고, 시선은 냉소가 되고, 놀이
는 공허가 되지. 내 꺼. 내 꺼. 내 꺼. 모든 걸 내 앞에 세
워 깎고 정리하고 정복하는 이 더러운 구도 앞에, 이 더
러운 악령 앞에서 세상은 빛을 잃고, 웃음을 잃고, 노래
를 잃고!

현우 (술 마시고) 그래, 내가 한 거로 쳐라. 꿈에서는 수없이 인
숙이한테 전화를 했으니까. 내 욕망이 인숙이를 원하고
있었으니까. 어제도 하고 오늘도 했으니까.

병수 아니, 비가 오면 대지는 거대한 악기가 되니까.

현우 비가 오면 누구라도 만나 미치고 싶으니까.

병수 비가 인간이라는 이 더럽고 답답한 굴레를 벗겨내니까.

현우 비가 오면 누구라도 만나 이 미칠 거 같은 음악을 완성
하고 싶으니까.

병수 그래, 나를 죽여 저 우주의 음악 속으로 던져줘라. 나도
좀 던져 줘라. 나도 저 우주의 음악 속으로 던져줘라.

현우 다음은? 다음은? 내가 정환이한테 뭐라고 그랬어? 정환
이가 나한테 뭐라고 그랬어? 내 옷에 왜 피가 묻었냐
고? 정환이 오라고 그래. 정환이!

병수 내가 죽인 거로 쳐라. 나도 좀 던져줘라.

혜숙, 화장실에 갔다가 목을 맨 정환이를 발견한다.

혜숙　　(들어오며) 정환이가… 정환이가….

8장. 삶과 죽음의 이 부조리함

정환의 빈소.

웃고 있는 정환의 영정.

정환의 형과 동생이 상주로 손님들을 받는다.

형제는 둘 다 무좀이 심한지 하얀 발가락 양말을 신고 있다.

상주   (정환의 영정을 보다 흐느끼며) 넌, 좋겠다. 이놈아. 무좀 떨어

져서. 나쁜 자식.

취객 한 명이 빈소를 잘못 찾아서 들어온다.

취객, 발가락 양말을 신고 있다.

취객, 조의금 내고 하얀 국화를 들고 바로 상주에게 다가간다.

취객, 허리를 숙인다.

상주들, 맞절인지 알고 절을 한다.

취객은 무좀 때문에 발가락을 긁는다.

상주들, 당황하면서 다시 일어선다.

취객, 국화꽃을 상주에게 준다.

취객, 영정 앞에서 절한다.

취객 (절하고 나서) 이 사람 아닌데, 박-정-환 이름은 맞는데. (영정에 대고) 얘 봐라. 웃네. 야, 너 나 몰라? 토진리 이장 아들 이주환. 불알 친구. 너 내 불알에 빨간 점 있는 거 알지? 보여줄까? 보여줘? (상주들이 말리자) 잠깐요. 잠깐만. 내가 확실히 확인할 게 있어서 그래. 잠깐만. 야, 나 몰라? 몰랐나? 모르겠다. 모르니? 야, 너 성형했지? 아닌가? 박정환 맞는데. 아저씨, 여기 서울장례식장 7호실 아닌가요?

상주 여기는 3호실인데.

취객 아, 이름은 박정환 맞는데. 박정환이가 사람 잡네. (조의금 받는 사람에게) 줘. 10만원.

사람 5만원인데.

취객 야, 너 날 뭘로 보는 거야? 10만원이야. 누가 요즘 조의금으로 5만원을 내!

사람 (봉투를 보여주며) 이주환 씨 맞죠? 5만원이잖아요.

취객 (봉투를 손으로 치며) 얘 봐라. 너 돈 떼먹었지. 나쁜 년. 책임자 나오라고 그래. 대장 나오라고 그래. (상주 오자) 니가 대장이야? 근데 왜 계급은 일병이야? 개판이구만.

사람   (상주가 손짓하자 10만원 준다)

취객   똑바로 해. (나가며) 누가 조의금으로 5만원을 내? 내가 5
만원했나? 에이 모르겠다. (울먹이며) 정환아.

연극계 사람들 여러 명이 빈소로 들어온다.

사람이 많아 2열 횡대로 절을 하는데 뒷열에 있던 사람이 앞 열에서
절하던 사람의 엉덩이를 머리로 박아 앞에 있던 사람이 앞으로 거꾸
러진다.

재배 후, 언제 일어나야 하는지 눈치를 보는 사람도 있다.

어떤 사람은 몇 번 절해야 되는지 몰라 삼 배까지 한다.

상주와 맞절 끝나고 나와 신발을 신는데, 어떤 사람의 손이 전등 스
위치에 닿는 바람에 빈소가 잠시 소등된다. 당황하면서 웃음을 참고
있는 사람들.

현우와 병수, 혜숙 그리고 지은이 문상한다.

현우, 절하고 일어서지 않고 운다.

혜숙   현우야. 이러지마.

현우   누나, 정환이 내가 죽였어. 내가.

병수   현우야, 일어나. 정환이 보내야지.

혜숙 그래 현우야, 일어나. 정환이 쉬게 해야지.

현우 누나, 나 어디로 가야 돼?

혜숙 현우야, 어쩌면 이 모든 혼란이 우리가 겪어야 할 몫인 지도 몰라. 가자. 현우 쉬게 해야지 응.

한 여자가 하얀 국화를 한웅큼 안고 들어와 영정 앞에 주저앉는다.

인숙 (울며) 나에요. 인숙이에요. 같이 살자 그래놓고, 같이 산에 가자 그래놓고, 같이 산에 가서 말을 잃자고 해놓고 이게 뭐야? 이게.

사람들, 여자를 쳐다보며 아연해 한다.

9장. 연극과 죽음

카페, 연습실.

오늘은 특별히 죽은 정환이를 그리며 배우들이 카페에서 연습을 한
다.

현우, 술이 많이 취해 있다. 단원 한 명이 현우를 부축해 앉힌다.

현우   자, 마셔. 마셔. 오늘은 여기서 연습한다. 오늘의 주제,
연극과 죽음. 누가 해볼까?

배우5   죽음은 배신 같아요. 기억은 고스란히 남겨두고 달랑
육신만 데려가잖아요. 아빠를 어려서부터 무척 좋아했
어요. 주무실 때 옆에 누워서 아빠가 숨을 내쉬면 내가
들이 마시고 아빠가 숨을 들이 마시면 내가 숨을 내 뿜
곤 할 정도로요. 그게 아빠를 사랑하는 저만의 방식이
었거든요. 내가 열일곱 살 되던 해 11월 30일에 아빠가
돌아가셨어요. 고지식하고 무뚝뚝한 아빠는 제가 배우
할 거라고 하니까 무척 반대하셨어요. 근데, 돌아가시

기 전에 엄마한테 "우리 딸 꼭 배우 될 수 있게 해죠." 그게 아버지 마지막 유언이었어요. 꼭 내가 배우 한다고 해서 돌아가신 거 같았어요. 미안하고 죄스러웠어요. 전 아직도 아버지 핸드폰을 정지시키지 못했어요. 그걸 정지하면 모든 게 끝나버릴 거 같은 기분이 들거든요. 열일곱 살의 나와 아버지, 현재의 나와 아버지를 이어주는 연결고리 같거든요. 아빠 이름으로 고지서 날아오면 아직도 아빠가 살아있는 거 같아요. 그 고지서가 말하는 거 같아요. "아가, 멋진 배우 돼야지." 전 그래서 연극을 사랑하고 때려치우고 싶다가도 또 다시 이 길로 돌아올 수밖에 없어요. 죽음이 꿈이고 자면서 꾸는 꿈이 현실이면 얼마나 좋을까요? 저는 계속해서 무대에서 꿈꿀 겁니다. 사랑해서, 정말 사랑해서 꾼 꿈이라면 죽음이 꿈인들 현실이 꿈인들 무슨 상관있겠어요. 사랑해서 내뿜은 내 숨이 세상을 조금이라도 따듯하게 했으면 좋겠어요. 아빠 돌아가시고 자주 부르던 노래에요.

배우5, 노래 한다.

배우6 죽음은 불주사 같은 거겠죠. 자기 차례가 안 올 거 같지만 언젠가는 오고 마는… 어머니 돌아가실 때. 저 공연 중이었어요. 공연 중간에 돌아가셨다는 소식 들었는데, 공연은 끝내야 하고. 제가 맡은 역이 죽는 역이었거든요. 무대에서 죽는 거랑 현실에서 죽는 게 어떻게 다른 거죠? 그냥 든 생각인데 우리가 어쩌면 매일 매순간 죽는 게 아닌가 하고 생각해봤어요. 잠도 죽음 같고요. 잘 죽어야 또 살 수 있겠죠. 잘 자야 새롭게 살 수 있겠죠? 공연이 끝나고 암전됐는데 일어설 수가 없더라고요. (사이) 어머니가 쓰러져 병원에 계실 때, 지금도 생각나요. 우리 어머니 손톱에 봉숭아 꽃물. 손톱 끝에 봉숭아 꽃물 사라지고 삼 개월도 안 지나서 돌아가셨어요. 이럴 줄 알았으면 누워계실 때 손톱에다 봉숭아물 들여줄 걸. 사라지니까 아름다운 거겠죠? 죽음이 없다면 아름다움도 없겠죠? 어머니 죽고 나서 자주 부르던 노래에요.

배우6, 노래한다.

사이.

술 마시는 사람들.

현우　(사이, 술 마시고) 우리 죽음이라는 이 통렬한 고통 앞에서 어떤 연극을 할 수 있을까? 우리 죽음 앞에서, 이 피할 수 없는 죽음 앞에서, 이 카오스 앞에서 무엇을 할 수 있을까? 연극? 웃음? 노래? 춤? 지은아, 춤곡 좀 틀어 봐!

현우, 배우들과 같이 춤을 춘다.

현우　(마이크 잡고) 나오고 나오고 흔들고 흔들고 돌고 돌고, 카오스, 카오스, 카오스, 내 기억도 카오스, 내 몸도 카오스, 너도 나도 카오스, 음악도 카오스, 사랑도 카오스, 연극도 카오스, 나오고, 나오고, 카오스, 카오스, 살리고, 살리고, 살리고!

번개 치고 비가 심하게 온다.

어미　　아직도 우니? 너 어제 들어와서 아주 동네가 떠나가라
고 울더라.

아들　　….

어미　　너 눈물 맛 본 적 있니? 눈물도 짜다. 눈물이 짠 건 말이
야, 슬픔이 없으면 우리 영혼이 썩기 때문이다. 슬픔이
없으면 우리 영혼이 어떻게 맑아지겠니?

아들　　가는 자는 가지 않고, 가지 않는 자도 가지 않는다.

어미　　정환이는 잘 보냈니?

아들　　엄마, 나도 죽을까?

어미　　나약한 것들. 자살하는 인간이 최하빨이다. 그래, 내가
준 화두는 깼니?

아들　　꿀벌이 어머니다. 아니.

어미　　깨달음도 녹슨다. 정진해라. (사이) 얼마 전에 텔레비전
보니까 하우스에서 오이 따는 사람들 나오더라. 오이
딸 때 하우스 평균 온도가 50도가 넘는다고 그러더라.

그 사람들이 없으면 우리가 어떻게 오이 맛을 보겠니? 사람들, 정말 사력을 다 해서 살고 있다. 그 사람들이 어머니다. 일하는 사람들이 어머니야. 너를 있게 한 모든 인연이 어머니다. (사이) 이대 나온 엄마 둬서 니가 고생이 많구나. 설교나 듣고. 나도 다 텔레비전에서 배운 거다. (사이) 이제 나 없이도 살 수 있겠지? 식사 성스럽게 챙겨 먹고 이제 니가 어머니가 되라.

아들　(사이) 엄마, 노래 해줄까?

어미　그래, 노래도 어머니다. 아니 노래 없는 삶은 유배된 삶이다. 이번엔 제대로 부를 거지?

아들　둥근 해가 떴습니다 자리에서 일어나서
제일 먼저 이를 닦자 윗니 아랫니 닦자
세수할 때는 깨끗이 이쪽 저쪽 꼭 닦고
(사이) 세수할 때는 깨끗이 이쪽 저쪽 목 닦고
(사이) 엄마, 우리 기억 없이 미래로 갈 수 있을까?

II장. 둥근 해가 떴습니다

어둠 속에서 어린아이가 '둥근 해가 떴습니다' 를 부르는 소리가 들

린다.

끊어질 듯. 이어질 듯.

끝.

반성 (反省)

때 : 현대, 가을.
곳 : 서울 근교의 전원주택.
무대 : 무대 중앙 벽에는 다빈치의 '최후의 만찬'이 걸려 있고 그 밑에는 간이 테이블이 놓여 있다. 그 양쪽으로는 안락의자가 놓여 있다. 이 안락의자에 앉아서 차를 마시거나 바깥의 풍경을 감상하는 것이 이들 부부의 기쁨이다. 무대 왼쪽으로는 출입문과 화장실이 있고 오른쪽으로는 주방이 위치한다. 무대 중앙은 거실로 쓰인다. 집 근처엔 텃밭이 있다. 거실 통유리를 통해서 정원의 죽어가는 나무가 보인다. 밖에서 진돗개 만복이가 짖는 소리가 간간이 들린다.
등장인물 : 김명자/ 신갑성/ 신일호/ 신두호/ 신혜선

.... 하지만 우리 삶과 역사에 있어서 단 한 번만이라도 엄격하고 단호할 수 있다면, 그로 인한 고통을 감수할 만큼 담대하고 강직할 수 있다면, 관용과 용서를 종교적 허울 속에 가두지 않는다면, 아울러 그래도 삶은 살 만한 것이고 노래할 만한 것이고 춤추며 보듬으며 향유되어야 할 그 어떤 것이라면, 저기와 여기 그리고 어제와 오늘 속속들이 스며들어 내면화되고 스스로를 정당화시키는 온갖 구태와 생존의 논리가 절단되고 무력화될 수만 있다면, 울음과 웃음을 포함한 인간의 감정은 위대한 승리의 표식이 될 것이다. 그날 비극은 더 이상 비극이 아니고 창조의 모태가 될 것이다.

1장. 갑성의 계획

갑성의 집 거실, 오후.

라디오로 기독교 방송을 들으며 성경책을 읽고 있는 갑성.

명자 (배추 한 포기 들고 주방으로 들어가며) 올 배추가 좋네요. 속이
꽉 찼어요. 여보, 저녁에 토장국 괜찮죠?

갑성 여보. (사이) 이봐요.

명자 왜요?

갑성 이리 좀 나와 봐요.

갑성, 라디오 끄고 왈츠 음악을 튼다.

명자, 나온다.

갑성 우리 노인학교에서 배운 춤 좀 춰 봅시다.

명자 춤이요? 아휴 됐어요.

갑성 춤시다. 잘 추면서. 어여 이리와요.

명자, 망설이자 갑성이 명자의 손을 잡고 춤을 추기 시작한다.

갑성, 춤추다가 명자를 꼭 끌어안는다.

명자 남새스럽게 왜 이래요?

갑성 가만히 좀 있어요.

명자, 뿌리치려 하다 그만둔다.

갑성 좋아요? 그래, 이렇게 안아본 게 얼마만이야?

명자 ….

갑성 여보, 고마워. 나랑 사는 거 힘 안 들었어?

명자 왜 아니에요? 힘들어 죽겠어요. (포옹 풀며) 약은 자셨어요?

갑성 (의자에 앉으며) 먹었어요.

명자 오늘 당신 이상해요. 산책도 안 하시고.

갑성 이상해요? 죽으려고 그러나? (웃으며) 다 춤 때문이지 뭐.
우리 한 번 더 줄까요?

명자 아이고, 됐어요.

갑성   (음악, 끄고) 이리 좀 와 앉아요. 이리 좀 와 앉으래두.

명자, 의자에 앉는다.

갑성   (밖을 보며) 아이구 저 나무는 죽겠어. 약도 많이 쳤는데.

명자   왜 안 죽어요? 그렇게 약을 자주 치니. 관심도 지나치면
       독이 된다구 하잖아요. 당신, 선인장에 매일 물 주다 죽
       인 거 기억 안 나요?

갑성   내가, 그랬나? 여보, 내가 저 나무 꼭 살려낼 테니 두고
       봐요. (사이) 당신, 봉학이 알지? 왜, 나랑 동업하던.

명자   그 양반, 돌아갔잖아요. 당뇨로.

갑성   나, 당뇨가 그렇게 무서운 병인지 그때 처음 알았어요.
       그 사람 중환자실에 누워 있는데, 정말 눈 뜨고 못 봐주
       겠더라구. 손발이 썩어 시커멓게 타들어가더라니까. 봉
       학이 그 친구, 입에다 호스 끼고서는 곱낀 눈으로 날 쳐
       다보는데….

명자   그 양반 당신 보고 웃었다면서요?

갑성   그러게 말이야, 뭐가 좋다고. 그 사람, 지금 어디 가 있
       을까?

명자   걱정 말아요 여보. 우리에겐 주님이 있잖아요. 죽어도

다시 살겠고, 살아도 영원히 다시 살겠고.

갑성　(사이) 여보, 나 심장 수술한 게 언제지?

명자　내달 초하루면 만 5년 되요. 병원 예약할까요?

갑성　병원은… 얼마나 더 살겠다고.

명자　나보다 더 오래 살 양반이….

갑성　여보, 내가 늙어 주책은 주책이지? (명자의 손을 잡으며) 당신 뭐라 그럴 줄 모르지만 나 살면서 요즘처럼 좋은 적 없었어. 당신이랑 여행도 다니고 산책도 하고 춤도 추고. 왜 진작 이러고 못 살았을까? (일어나며) 여보, 돌아오는 내 생일에 애들 다 오라고 해서는 노래방 한 번 갑시다.

명자　노래방이요? 찬송가 말고 당신이 아는 노래가 있기는 해요?

갑성　이 사람, 당신이 몰라서 그렇지 나도 노래 좀 해요. 우리 아버지가 유명한 한량이었잖아. 둘째 놈이 꼭 지 할아버지 닮았다니까.

명자　당신 둘째한테 너무 했어요. 두호 기타 부순 게 도대체 몇 개에요?

갑성　그러게. 내가 좀 심했지. 그놈 가수라도 시킬 걸 그랬나? (사이) 나 수술한다고 병실에 누워 있는데 내가 뭐 때

문에 이러고 살았나 싶더라고. 이렇게 푹 꺾일 걸. 당신
도 고생만 시킨 거 같고. (사이, 앉으며) 당신 힘들면 말해
요. 그냥 편하게 양로원에나 들어갑시다.

명자 좋아요. 여기. (사이) 미안해요.

갑성 뭐가?

명자 그냥요.

명자, 일어나 빨래 걷으러 간다.

갑성, 기독교 방송 다시 켜고 신문에 난 낱말 퀴즈를 푼다.

갑성 일호는 전화 없어?

명자 잘 살겠죠.

갑성 미국에서 잘 사나 모르겠네. 그놈 없으니까 뭔가 허전
해. 그놈은 목사나 교수가 제격인데. (사이) 춤추는 동작
을 뭐라고 하지? 춤 뭐야?

명자 (나오며) 춤사위라고 그러지 않아요?

갑성 춤사위! 근데, 혜선이는 그저 애를 못 나?

명자 (빨래를 개며) 인공수정인가 뭔가 해도 잘 안 되나 봐요.

갑성 여보, 그래도 우리 혜선이가 대단해. 말로 우리 혜선이
당해낼 사람 몇 안 될 걸.

명자　　어련하겠어요. 누구 딸인데.

갑성　　요즘도 길거리에 드러눕나? 공해추방이다 원전반대다,
감옥 드나들길 몇 번을 한 거야? 혜선이가 임신 못하는
거, 그거 그 애가 몸을 너무 막 굴려서 그런 거야. 지 몸
좀 건사하고 살지.

명자　　… 저는 우리 막내가 기특해요.

갑성　　대통령이 죽는 걸 뭐라고 하지?

명자　　그거요? 잘 된 거죠 뭐. 뭐로 시작하는데요?

갑성　　서자!

명자　　서거? 서거인가 본데요.

갑성　　서거! 여보, 내가 자식들한테나 당신한테 못할 짓 많이
했지? 다 가족을 위해서 그런 거야. 살아 보려고.

명자　　새삼스럽게 별 말씀을 다 해요. 다 그러고들 살잖아요.

갑성　　(사이) 여보 나 잘 죽을 수 있을까? 당신 꿈에 은봉이 나
타난 적 없어?

명자　　….

갑성　　(사이) 여보. 잘못을 뉘우치고 용서를 비는 것을 뭐라고
하지? 회개라고 하나?

명자　　반성이요.

2장. 방문

두호 왜요? 재미있잖아요. 난 아버지하고 엄마 심심할까봐 사왔는데….

갑성 너 왜 그러고 사니?

두호 뭐가요?

갑성 옷이 그게 뭐야?

두호 이상해요? 이게 내 패션 컨셉인데. 주름과 구멍!

갑성 좀 무던하게 살면 어디가 덧나니?

두호 어머니, 나 여기 온다고 신경 좀 쓴 건데 그렇게 이상해요?

명자 좀 심하다.

갑성 저놈은 지가 무슨 10대준 알아요. 니놈 잘 되라고 매일 기도하는데, 널 보면 다 허사야. 허사.

두호 아버지 겉이 뭐 그렇게 중요해요? 속이 중요하지. 그건 그렇고. 엄마, 형한텐 연락 없어요? 야, 어떻게 인간이 그러냐? 미국에 있으면 대수야?

갑성 너나 잘해라.

두호 너무 하잖아요. 코빼기도 안 내밀고. 미안도 하겠지. 그래도 그렇지.

명자 이해해라. 오죽하면 연락도 못하겠니?

두호 형, 미국에서 뭐하는 줄 아세요?

명자 장모가 도와줘서 보안업첸가 뭔가 한다고 하더라.

두호 그 인간이 그래요? 형은 참 복도 많아.

갑성 뭘 차린다고?

두호 영화사요.

갑성 딴따라 같은 놈. 연극한다고 가정 파탄내고 그것도 모자라서 영화?

두호 너무 그러지 마세요. 저도 나름대로 열심히 살았어요. 엄마, 연극하면서 제가 마냥 놀았어요? 저도 외화 번역해서 밥벌이는 했잖아요.

갑성 ….

두호 아버지, 좀 도와주세요. 언제 내가 아버지한테 손 벌린 적 있어요. 처음이에요. 처음.

갑성　　처 버리고 지 자식 버린 놈은 사람도 아니야.

두호　　제가 버렸어요? 지들이 간 거지.

갑성　　니가 오죽했으면 갔겠니. 안돼.

두호　　왜 안 되는데요? 엄마, 내가 그렇게 심한 부탁하는 거예요?

명자　　….

두호　　제가 교회 안 다녀서요? 저 말을 안해서 그렇지 주님을 늘 이 마음 속에 모시고 삽니다. 그리고 막말로 꼭 교회를 나가야 신자는 아니잖아요?

갑성　　지 필요할 때만 주님 찾는 게 신앙이냐?

두호　　아버지, 장로님이니까 탕자의 비유 잘 알 거 아니에요? 아버지, 당신의 아들, 길 잃고 방황하던 영혼 아버지 품에 돌아 왔습니다. 안아 주세요. 감싸 주세요. 도와주세요. 아버지, 저 정말 잘할 자신 있어요. 한 번만 밀어주시라니까요. 아버지, 생각을 해봐요. 영화 이게 나한테 딱이라니까요. 고등학교 때부터 연극했지. 수십 편의 외화 번역하면서 시네마 스트락쳐 쫙 꿰고 있지. 그리고 영화 3편 중 하나만 터지면 인생 노난다니까요. 제 아이디어로 영화하겠다는 사람들 줄을 섰어요.

갑성　　그럼 그 사람들한테 도와달라고 그래.

두호 아버지! 아버지! 내가 돈을 달래요 집을 달래요? 이 집 담보로 융자 좀 받겠다는데 그것도 못해줍니까? 저를 못 믿어요? 아들을. 돌아온 탕자를. 길 잃은 양 하나 구제한다고 생각하시면 되잖아요.

갑성 나하고 니 엄마 은행 이자로 겨우 산다.

두호 왜 그래요, 아버지. 전두환처럼 숨겨둔 돈 있다는 거 알아요. 장애인 재단에 2억씩이나 기부했잖아요. 십일조다 감사헌금이다 건축헌금이다 교회에다 바치는 돈은 아깝지 않고 아들 담보 하나 잡아주는 건 그렇게 힘듭니까?

갑성 너 줄 돈은 없다.

두호 누가 아버지 돈 달래요? 담보요, 담보! 내가 갚을 돈이요. 돈!

갑성 안돼. 니놈 돕는다고 이 집 날릴 순 없다. 너, 동업한다는 그 여자도 이혼한 여자라며?

두호 그게 뭐 어때서요?

갑성 어떤 사이냐? 사귀냐?

두호 아버지는 왜 늘 그런 식에요? 그래요. 나 그 여자랑 동거해요. 됐어요?

명자 두호야, 너 왜 그러니?

갑성 넌 우리 집안에 수치야 수치. 허파에 바람만 들어서. 줏 대 좀 가지고 살아라. 남들 기타 치니까 너도 기타 치 고, 남들 연극하니까 너도 연극하고, 남들 데모하니까 너도 데모하고, 이제 너나 할 것 없이 영화한다고 하니 까 너도 영화한다고? 사업은 아무나 하는 게 아니야.

두호 그럼 형 같은 사람이 해요?

갑성 뭐라고?

두호 사업한다고 집안 말아먹고 미국으로 튄 건 내가 아니라 형이에요.

갑성 그때는 니 형이 젊어 뭘 몰라서 그런 거야. 넌 안돼! 일 호는 너랑 달라. 내가 죽어도 너는 안돼. 넌 우리 집안 에 덕이 안돼. 하나님을 경외하지 않는 놈은 내 자식도 아니야.

두호 형처럼 집안 들어먹어도 교회만 나가면 용서가 되요? 형은 다 오케이고 나는 무조건 노예요?

갑성 닥쳐! 일호는 다시 일어날 거야.

두호 아 그래서 돈 꼬불쳐 두고 있는 거구나? 형 돌아오면 줄 려고.

명자 두호야. 그만해.

두호 형이 아직도 아버지의 희망인 줄 아세요?

명자 아버지 또 쓰러지신다.

두호 꿈 깨세요. 아버지 쓰러지게 한 게 누군데.

갑성 당장 꺼져!

두호 아버지는 사랑이 없는 사람이에요. 신앙 따로고 생활 따로라고요.

갑성 뭐라고?

두호 그만두세요. 정말 아버지 지겨워요. 다 제가 잘못했습니다. 이게 다 인생 엿같이 산 당신 아들 신두호의 잘못입니다. 다시 안 보면 되잖아요.

두호, 나가려고 한다.

명자 여보! 두호야!

갑성 다시는 내 앞에 얼씬도 마.

두호 갑니다. 가.

두호, 나가려는데 만복이가 짖는다.

두호 야, 넌 같은 가족도 몰라보냐? 이 개새끼야.

150

갑성, 식은땀을 흘린다.

갑성　저놈 다시는 이 집에 발도 못 들여놓게 해.

명자, 갑성에게 약을 가져다 준다.
두호가 떠나고 갑성은 상태가 호전된다.

명자　당신 괜찮아요?

갑성　(의자에 앉으며) 저놈이 지 애비를 죽이려고 그러는 거야. 내가 사탄을 낳어. 사탄을.

명자　저기, 여보. 두호 도와줘요.

갑성　….

명자　내가 안돼 보여서 그래요. 어디 한 번 손 벌려본 적 없는 애잖아요. 지도 얼마나 급하면….

갑성　나도 알아. 내가 그놈 미워서 그러는 게 아니야. 사실 그놈한테 미안도 하고. 근데 저놈은 정신이 썩었어. 너무 세상을 쉽게만 생각해. 세상이 어디 그렇게 호락호락해? (사이) 여보, 요번 생일에 전부 불러들입시다.

명자　애들 바쁠 텐데 뭘 오라고 그래요?

갑성　그냥 요번 생일엔 전부 좀 오라고 해요. 큰 애도 들어오라고 전화 좀 넣고.

명자 그만둡시다. 지들 살기도 바쁜데….

갑성 두호 그놈 잘 해낼까?

명자 잘 할 거예요. 어릴 때부터 이야기 솜씨는 있었잖아요.
왜 백일장 나가 상도 받아오고 그랬잖아요.

갑성 그랬나? 어떻게 저런 놈이 다 나왔을까? (사이) 두호, 그
놈만 아니었어도 혜선이가 그 고생은 안 했을 텐데 말
이야. 그놈이 민중이다 해방이다 뭐다 잔뜩 바람 집어
넣어 가지고서는 감옥에 가게 하고. 내 살다 살다 팔년
면회한다고 까막소엘 다 갔잖아. 두호 그놈만 아니었어
도….

명자 죽지 않은 게 다행이죠. 그때 사람들 좀 많이 다쳤어요?
당신도 알죠? 종식이라고 두호 친구. 노동운동한다고
인천에서 일하다 죽었잖아요. 프레스인가 뭔가에서 날
아온 쇳조각에 머리 맞고.

갑성 부모 가슴에 못질 한 놈들 죽어 싸지 뭐. 부모가 무슨
죄야?

명자 두호가 말썽을 좀 부려서 그렇지 밝고 명랑한 애잖아
요. 처랑 다시 합칠 생각도 있는 모양이던데….

갑성 동업한다는 그 여자는?

명자   당신도 그 말을 믿어요?

갑성   실없는 놈. (사이) 그러고 보니 당신이랑 평생 영화도 한 편 못 봤네. 우리 내일 영화 보러 갑시다. 야한 걸로.

명자   (웃으며) 누가 말려요? (사이) 애들 다 모이면 꼭 해보고 싶은 게 있어요. 꼭 한 이불 덮고 자고 싶어요. 우리 단칸방에 살 때처럼. 두런두런 이 얘기 저 얘기 하면서요. (사이) 당신, 정말 괜찮아요?

3장. 고백

갑성의 집.

가을비.

갑성, 녹음기를 틀고 녹음을 하고 있다.

갑성 본인 신갑성은 상속인들에게 본인 소유의 재산을 아래와 같이 분배한다. 부인 명의로 된 단독 전원주택은 그 명의를 본인 사후에도 유지 존속시키며, 본인 사망시 은행 잔고 및 기타 동산은 처와 첫째 아들 일호, 둘째 아들 두호, 딸 혜선이 이상 4명이 똑같이 분배한다. 그리고 가족 모두가 신앙 안에서 복되게 살아가길 이 자리를 빌어 당부한다.

갑성, 녹음이 끝나자 상념에 젖어 밖을 쳐다본다.

명자, 잣죽을 들고 나온다.

갑성　(먹으며) 당신은?

명자　전 됐어요.

명자, 의자로 가서 앉는다.

갑성　비가 많이 오네. (기도하고 나서) 아버님 묘에 갔다 오는데, 이상하게 잣죽이 먹고 싶더라고. 김장할 때 필요할 거도 같고.

갑성, 피시식 웃는다.

명자　당신 왜 웃어요?

갑성　아니야.

명자　뭐가 아니에요?

갑성　오늘 목사님 설교 좋았죠? "인간은 미약하고 죄를 지을 수밖에 없는 존재들입니다. 우리 모두는 주님 앞에서 죄인입니다. 당신도 죄인, 나도 죄인 그러니 서로 용서하고 사랑하십시오." (잣죽을 먹으며) 일호 낳기 전에 당신 유산 몇 번했지 아마? 난 일호도 유산할 줄 알았어. 일호 들어섰을 때부터 당신 입덧할 때면 꼭 잣죽 찾은 거 알아요? 두호 때도 그랬고 혜선이 때도 그랬고. 이상하게도 잣죽 먹으면 입덧이 멈췄잖아. 거짓말처럼. 당신, 일호 가지고 잣죽 먹고 싶다고 했을 때….

명자 미안해요.

갑성 뭐가? (사이) 여보, 당신 후회 없어? 나랑 산 거.

명자 당신이 고맙죠 뭐.

갑성 젊었을 때 당신 정말 고왔어.

명자 지금은 아니구요?

갑성 지금도 곱지. 우리 아버님 당신하고 산다고 하니까 무척 반대했는데, 과부라고. 우리 아버님도 고인 되시고 은봉이 아버님도 가시고. 이제 내 차롄가? 정말 잠깐 같지 않아? 사는 거. 은봉이 아버님 아니었으면 당신이 나하고 이날 이때까지 살 수 있었을까?

명자 ….

갑성 입 하나 덜자고, 지 자식 묻고 젊은 며느리 야반도주시키는 심정이 어땠을까? (사이) 당신, 나한테 과분한 여자야. 곱고 솜씨도 좋고. 나 원단장사 하다가 망하고 당신이 백반집 할 때 말이야, 나 솔직히 말해 당신 보러 몰려오는 사람들이 싫었어. 아니 내가 무서웠어. 무슨 일 칠까봐. 그리고, 나랑 싸우고 당신 집 나갔을 때, 나 차라리 잘 됐다 싶었어요. 당신 돌아오지 않았으면 나 어떻게 됐을까? 그때 당신 왜 돌아왔어? 뱃속에 두호 때문에? 당신 돌아오고 나서 나 많이 변했지. 술 끊고 교회 나가고 미친 듯이 일만 했으니까. 당신도 나갈 사람이 상은 왜 봐 놓고 나갔어요? 북어국에 올려진 노오란 계란 보고 있자니까 눈물이 납디다. (사이) 미안해. 내가 괜한 소리를 하는구만. 비가 와서 그런가? 늘 비가 문제야. 비가….

빗소리.

명자   (사이, 테이블로 자리를 옮기며) 비 그치면 김장해야겠어요.

갑성   애들한테 연락은 했어요?

명자   바쁜 애들 뭘 오라고 해요.

갑성   그래도 우리 애들 잘 컸지?

명자   그럼요. 우리 애들 정도면 훌륭한 거죠.

갑성   그렇지.

명자   다 당신이 애쓴 덕이죠.

갑성   그게 왜 내 덕이야? 주님 덕이고 당신 덕이지. (사이) 당신, 정말 후회 없는 거지?

명자   ….

빗소리.

갑성   (일어나 최후의 만찬 그림을 보며) 여보, 가룟 유다도 천국에 갔을까?

명자   ….

갑성   당신, 나 용서해줄 수 있어?

명자   용서는, 부부 사이에 용서가 어디 있어요?

갑성   정말, 나 용서해줄 수 있어? 무슨 말을 해도.

명자   당신도… 이 나이에 용서 못할 게 뭐가 있겠어요.

갑성   요즘 꿈에 은봉이가 자꾸 나타나. 아버님도 자주 뵈시고. 꿈에서 은봉이가 "어서 와! 어서 와! 이 친구야, 어서와!"

명자   ….

빗소리.

갑성   (의자에 앉아서) 동란 중에 사람 많이 죽었어.

명자   살아 있는 게 기적 아니겠어요.

갑성　피난 중에 어머니 가시고, 내 또래 사촌들 사변 중에 반 이상 죽고. 아마, 나도 탈영하지 안 했으면 총알받이로 죽었을 거야. 낮에는 숨어 있고 밤에는 산 타고. (사이) 은봉이 말이야, 그때 그 일 아니었어도 동란 중에 죽었을 거야. 또 얼마나 잡아 죽였어? 보도연맹이다 친일파다 부역했다… (사이) 당신, 정말 잣죽 안 먹어?

명자　….

갑성　은봉이, 당신 전 남편도 당신이 먹길 바랄 걸.

명자　여보!

갑성　왜? 잣 때문에 은봉이가 죽은 거 같아서?

명자　그만 하세요. 당신, 오늘 왜 이래요?

갑성　다 지난 일이야. 다 지난 일. 50년도 넘은 일. 50년도 넘은….

빗소리.

갑성　(일어서서) 임신을 해서 그랬나. 그때 당신 너무 곱고 이뻤어. 그때도 지금처럼 비가 왔지. 가을비가. (사이) 50년도 넘은 시절에 한 남자가 살았어. 앞집에는 친구가 살았고. 이 친구는 결혼을 해 아내가 있었지. 부인은 참 곱고 아름다웠어. 그리고 임신까지 했었지. (사이) 친구는 임신한 아내가 잣죽을 먹고 싶어 한다며 남자에게 잣을 따러 가자고 그랬지. 둘은 비가 오는데 잣을 따러 갔어. 남자는 이 나무. 친구는 저 나무. 실한 잣 먹여야 실한 놈을 낳는다고 친구는 자꾸 위로 올라갔지.

명자   여보!

갑성   근데 이상하게 말이야, 남자는 자기가 딴 잣을 앞집 여자에게 먹이고 싶었어. 비가 오는데 남자도 친구 따라 마냥 오르고 또 오르고. 잣을 따겠다고 막대를 휘둘러 대는데 속에서 누가 막 소리치는 거야. "쳐라. 쳐라. 없 애. 저놈을 죽여!" 남자는 막대기로 친구를 내리쳤어. "죽어라. 죽어라. 죽어! 저건 잣이다. 저건 잣일 뿐이 야!"

명자   ….

갑성   남자는 죽은 친구를 들쳐 업고 미친 듯이 마을로 내려 왔어. 그리곤 비에 젖어 김이 모락모락 나는 몸으로 소 리쳤지. "친구가 죽었어요. 내 친구가 죽었어요. 잣을 따다 나무에서 떨어져서 은봉이가 죽었어요. 내 친구 은봉이가!"

명자   ….

갑성   (사이) 여자는 그 충격에 유산을 했지. 친구의 애를. 50년
       도 넘은 이야기야. (사이) 그때 당신은 너무 이쁘고 고왔
       어. 임신을 해서 그랬나.

명자   ….

       빗소리.

갑성   (앉으며) 그 일이 아니었어도 동란 중에 은봉인 죽었을 거
       야. 보도연맹이다 친일파다 부역했다… 내가 산 것도
       기적이니까.

명자   ….

갑성   그때도 지금처럼 비가 왔지. 가을비가… (사이) 여보, 나
       용서해 줄 수 있어?

       빗소리.
       명자, 잣죽을 먹는다.
       긴 사이.

명자   근데, 당신 아까 왜 웃었어요?

갑성   ….

명자   죽이 좀 싱겁지 않아요?

명자, 말없이 잣죽만 먹는다.

갑성   은봉이 참 재미있는 친구였어. 은봉이 삼촌 돌아가 초
상 치를 때 은봉이 그 친구가 술 취해서는 그랬지. "왜
울고들 지랄이야. 누구 초상났어?" (웃으며) 여보, 당신
혹시 임신한 건 아니지?

명자   아니요. (사이) 여보, 근데 그때는 비가 오지 않았어요.

빗소리.

4장. 살의

거실, 저녁 식사 후. 밤.

흘러나오는 기독교 방송.

안락의자에 앉아 방송을 듣다가 잠든 갑성.

명자, 갑성 옆에 앉아 사과를 깎으려다 만다. 칼을 쳐다본다.

명자, 쟁반을 의자 위에 둔다.

명자, 뒤로 가 벽에 걸린 '최후의 만찬' 그림을 바라본다.

명자, 나간다.

갑성, 일어나 의자에 놓여 있는 빨간 사과를 본다.

5장. 귀환

갑성, 기독교 방송을 들으며 기도하고 있다.

명자, 한복을 차려 입고, 손에 잔뜩 구하기 힘든, 찬거리를 사가지고

멍하게 들어온다.

명자, 출입구에 붙어 있는 가족 사진을 본다.

갑성　　(라디오를 끄며) 이봐요. 당신, 누구세요? 누군데 여길 와
　　　　　요? 네?

명자　　….

갑성　　전화는 왜 안 해요? 전화는?

명자　　당신하고 애들이 좋아하는 것 좀 사왔어요. 당신 생일
　　　　　상도 차려야 하고.

갑성　　(찬거리 집어 던지며) 누가 생일상 받고 싶대요? 누가 이런
　　　　　거 먹고 싶대요. 누가 이런 거 사겠다고 집을 비워요.
　　　　　누가? 그것도 연락도 없이.

명자　　(멍하게) 오려고 했는데 기억이 안 났어요. 전화번호도.

도통 내가 있는 곳도 모르겠고.

갑성 이봐요. 내가 누구요?

명자 일호 아버지요.

갑성 그럼 여긴 어디요?

명자 우리 집이요.

갑성 정신이 좀 들어요? 나 당신 찾는다고 서에 신고까지 한
거 알아요?

명자 미안해요.

갑성 뭐가, 뭐가 미안해요? 나가도 좋고, 안 들어와도 좋고,
죽어도 좋은데, 제발 말이나 하고 죽든지 말든지 해요.
나 피 말라 잠 한 숨 못 잤어요. 당신 죽은 줄 알았어요.

명자 죽었는지도 모르죠.

갑성 ….

명자 (흩어진 찬거리 정리하며) 마냥 돌아다녔어요. 그냥 마음 가
는대로. 한 번씩 가 본 곳들인데 기억이 안 났어요. 그
러다 기억이 돌아왔어요. 둘러보니 은봉 씨 무덤이었어
요. 앉아 있는데 당신 얼굴이 떠오릅디다. 신갑성 씨가.
내 남편이.

갑성 내 얼굴이 왜 떠올라요? 당신 남편 은봉이 옆에서. (사이)
미안해요. 소리 질러서.

명자　　괜찮아요.

명자, 일어나 찬거리를 들고 주방으로 가려 한다.

갑성　　나가도 내가 나가야지 왜 당신이 나가요?

명자　　(정색하며) 어딜 가요? 죽으나 사나 여기가 우리 집인데.

명자, 주방에서 나온다.

명자, 테이블 위에 있는 사진액자에 눈이 머문다.

명자, 갑성, 같이 사진을 본다.

갑성　　잠도 안 오고 해서 사진 정리하다가 액자에 담아 봤어요. 맘에 들어요?

명자　　네. 당신 그때 얼굴 발그레해진 거 알아요? 소년처럼. 나 생전 처음 당신한테 꽃도 받구요. 이름도 모르는 꽃이었는데. 당신 참 웃겨요. 입에 꽃까지 물고.

갑성　　당신, 내 팔짱낀 거 맞죠? 어깨에 얼굴까지 묻고. 이게 언젠가?

명자　　아마 쉰 좀 넘어서일 거예요. 봄에 교회에서 야유회 갔을 때.

갑성　여보, 나중에 당신 저쪽 세상 올 때 이 사진 꼭 가지고
와요.

명자　나중은요? 가면 같이 가야죠.

명자, 사진처럼 갑성에게 기댄다.

갑성　(명자를 물끄러미 쳐다보며) 여보, 날 죽이고 가지 그랬어?

명자, 갑성을 쳐다본다.

둘은 알 수 없는 눈물을 흘린다.

6장. 연락

명자, 자식들에게 전화를 하고 있다.

명자   애미냐? 잘 지내지? 애비 좀 바꿔라.

일호   어머니, 어쩐 일이에요. 전화를 다하시고? 다들 잘 계시죠?

명자   아버지 생일에 들어와라.

일호   네?

명자   (단호하게) 들어와.

일호   여기 미국이에요. 미국!

명자   비행기 타면 되잖니.

일호   그게 아니라.

명자   너, 아버지한테 미안하지도 않니? 미국에 가면 남이니? 니 아버지가 이제 살면 얼마나 사시니? 의사도 그랬다. 수술하고 5년 넘으면 안심할 수 없다고. 와라.

일호   애들 때문에.

명자	아버지가 식구들 다 보고 싶어해. 할 말도 있으시단다.
일호	무슨 말이요?
명자	며느리며 사위며 손자며 낳고 들인 사람 빼고 당신 가족한테만 따로 하고 싶은 말이 있으시단다. 꼭 와라.
일호	(사이) 처랑 상의하고 전화 드릴게요.
명자	너만 오라니까. 그리고 처랑 상의는 무슨 상의냐? 처도 남이다. 마누라도 남이야 남!

명자, 전화 끊고 두호에게 전화한다.

명자	두호냐? 나다.
두호	엄마, 뭐야? 들어갔어? 괜찮어? 와, 우리 엄마 멋있다. 종종 나가세요. 아버지랑 같이 있으면 나라도 숨막히겠다. 별일 없죠?
명자	두호야, 아버지 생일에 와라.
두호	네? 못 가요. 아니 안 가요. 내가 뭐 자식이야?
명자	내가 얘기했다.
두호	뭘요?
명자	니네 합칠 거라고.
두호	엄마는 그런 애길 왜 해요?

명자　영화사 일은?

두호　그만둘까 생각 중이에요. 마음이 안 맞아요. 영화에 대한 합의가 안돼요. 사람 무시하고.

명자　니가 그렇게 물러터져서 아버지가 싫어하는 거야. 그건 그렇고 아버지가 다 보고 싶단다. 할 말이 있으시단다.

두호　무슨 말이요?

명자　낸들 아니. 첫째도 들어온다고 했다.

두호　형이요?

명자　며느리며 사위며 손자며 낳고 들인 사람 빼고 당신 가족한테만 할 말이 있으시대니 너만 와야 된다. 알았니?

두호　저 혼자요?

만복이가 짖는다.

혜선이 들어온다.

혜선　진짜 하나님 맙소사다. 뭐야? 엄마. 그 나이에 집을 나가고 싶어? 도대체 무슨 일이야?

명자　아무 일 아니다. 내가 잠깐 노망이 났나 보다.

혜선　전화 한 번 안 하던 양반이 오밤중에 나한테 전화를 다 하고 전화통 붙잡고 울더라 울어. 엄마 안 들어 온다고.

이렇게 나한테 복수하냐고, 엄마 어디다 숨겨뒀냐고,
엄마 찾아내라고 고래고래 생떼까지 쓰고….

명자 여긴 뭐하러 와? 바쁜데.

혜선 이 상황에서 일이 돼? 솔직히 말해봐. 무슨 일 있지? 아
버지랑 싸웠어? 아니면 그 나이에 바람이라도 난 거야,
엄마?

명자 별일 아니니 걱정하지 마라.

혜선 걱정을 어떻게 안 해. 아버지는?

명자 기도원 갔다.

혜선 돌아가면서 잘 한다. 허긴 아버지는 좀 빌어야 돼. 근데
김명자 씨, 어디 있다 온 거야?

명자 그냥 이곳 저곳 다녔다.

혜선 엄마가 무슨 사춘기 소녀야? 세상이 얼마나 흉흉한데
혼자 돌아다녀?

명자 나 같은 노인 누가 쳐다나 본데냐?

혜선 핸드폰 하나 장만해요. 엄마.

명자 됐다.

혜선 엄마, 있던 사람이 갑자기 없어지면 사람 심정이 어떤
지 알아?

명자 넌 그런 말할 자격 없다. 심심하면 집 나간 게 누군데?

혜선 그거야 얘기가 다르지. 그리고 닮을 걸 닮아라.

명자 좋더라. 혼자 있으니까.

혜선 엄마!

명자 아버지 생일에 시간 있니?

혜선 왜?

명자 아버지가 다 보자신다. 할 말도 있으시단다. 며느리며 사위며 손자며 낳고 들인 사람 빼고 당신 가족한테만 할 말이 있으시대니 너만 와야 된다. 알았니?

혜선 할 말? 뭔 말?

명자 큰 애도 들온다고 했다.

혜선 오빠가?

명자 너도 꼭 와라.

혜선 몰라. 봐서.

명자 근데 너, 인공수정인가 뭔가 잘 안 되니?

혜선 (갑성과 명자의 사진을 보며) 야, 이 사진 멋있다. 완전 닭살인데. 입양할까? 엄마.

명자 웬만하면 그냥 살아라. 왜 고생을 사서 하니?

혜선 엄마, 진만 씨… 아니야. 나 엄마랑 같이 살면 안돼? 여기 경치 정말 좋다. 엄마 나 정말 애 갖고 싶어. 나이 드니까 점점 더. 남편 없이는 살 거 같은데 애 없이는 못 살 것 같애. 경치 정말 좋다. 엄마, 나 여자 맞어? 내가 그렇게 남자 같애? 나, 여자로 매력이 없어? 여기 경치 정말 좋다. 엄마, 애 날 때 어때? 아퍼?

명자 (사이) 무자식이 상팔자다. 자식이 다 무슨 소용이니? 낳고 어떻게 하겠다고? 안 되는 건 안 되는 거고. 안 되는 건 다 주님의 뜻이라고 생각해.

혜선 엄마, 무슨 일 있지? 이상해 엄마. 엄마가 그랬잖아. 애를 나봐야 여자가 된다고.

명자 자식도 남이다.

혜선 ….

명자 자식도.

7장. 예배

갑성의 가족들, 케이크에 촛불을 켜고 생일 축하 노래를 부른다.

갑성　식사하기 전에 간단히 예배 먼저 드리겠습니다. 찬송가
한 곡 부르겠습니다. 찬송가.

두호　460장!

가족들, 웃는다.

가족들, 찬송가 460장 '지금까지 지내온 것' 부른다.

갑성　다 같이 기도하겠습니다. 은혜가 충만하신 아버지 하
나님 감사하옵니다. 이렇게 사랑하는 주님의 자녀들이
한 자리에 모이게 해주셔서 감사하옵고 감사하옵니다.
오늘까지 우리 가정을 건강하게 이끌어주시고 주님의
은총 아래 보살펴주시니 감사하고 감사하옵니다. 바라
옵고 원하옵는 것은 우리 가정의 버팀목으로 묵묵히

자기 자리를 지켜온 우리 집사람의 남은 여생도 굳건히 보살펴 주시옵고, 미국에서 먼 길 온 첫째와 그의 가족들, 여러모로 타지 생활에 어려움이 많으리라고 생각됩니다. 주님, 그들과 함께 하옵소서. 둘째와 셋째, 지금은 주님을 떠나 있지만 주님의 품으로 인도해 주시리라 믿습니다. 헛되고 헛된 세상 일에 현혹되지 말길 바라며, 사람을 보지 말고 오직 주님만을 바라보며 주님만을 영접할 수 있도록 인도하여 주옵소서. 아버지 하나님, 죄가 넘쳐나는 세상입니다. 우리가 살면서 알면서 지은 죄, 모르면서 지은 죄, 주님은 다 용서해주시리라 믿습니다. 7번씩 70번이라도 용서하신다 했으니 고개 숙여 비는 우리 가정 위에 용서와 화해의 은혜를 허락해 주시옵소서. 이 모든 것을 우리를 죄에서 구원하신 주 예수 그리스도 이름으로 기원합니다. 아멘!

갑성이 기도할 때 명자는 눈을 뜨고 가족들을 쳐다본다.

혜선과 눈이 마주친다.

8장. 파티

사람들, 오랜만에 담소를 나누고 있다.

혜선 (포도주 잔을 가지고 나오며) 엄마 죽으면 나 아마 엄마가 해주는 가지찜 먹고 싶어서 슬플 거야. 엄마, 나 일 그만두고 엄마한테 요리 배워서 음식점이나 차릴까? 대박 날 텐데… 근데, 아버지, 장로가 술 마셔도 되나?

두호 야, 지저스 크라이스트도 포도주는 먹었잖아. 성찬식 때도 포도주 먹고. 형제들아 와서 나의 피와 살을 먹고 마셔라. 아멘.

갑성 그래, 일호가 사왔는데 나도 한 잔 하자.

일호 (포도주 따르며) 자기 전 하루에 한 잔씩만 드세요. 약이라고 생각하시고요.

혜선 더덕구이는 큰 오빠 때문에 맛도 못 봤다.

두호 야, 난, 물김치 세 그릇이나 먹었다. 더 이상 이보다 좋을 순 없다. 물김치의 끝이다. 끝.

혜선　　우리 엄마 음식솜씨는 알아줘야 한다니까? 엄마, 요리법 좀 알려줘. 특허 내게. 큰 오빠, 엄마 모셔다 한식집 차릴 생각 없어?

두호　　그래. 형, 보안업체보다는 낫지 않을까?

갑성　　안돼. 나, 니네 엄마 아무한테도 안 준다.

두호　　하여간 아버지는 예나 지금이나 한결 같아요. 엄마가 그렇게 좋아요? 혜선아, 너 기억나니? 너 울고 짜고 하는데도, 엄마 아버지 방문 걸어 잠그고 자던 거. 나 고등학교 때까지 그 이유를 몰랐다니까. 우리 엄마 아버지 속궁합이 너무 좋아서 우리 혜선이가 고생 좀 했지. 뭐 우리 엄마가 예쁘기는 하지.

갑성　　두호야, 너 못하는 말이 없구나.

두호　　죄송합니다.

갑성　　처랑 잘 지내라. 늙으면 처밖에 없다.

두호　　형, 포도주 좋은데.

갑성　　일호야, 힘들지?

일호　　아니에요. 아버지, 검사 받을 때 됐죠? 제가 미국으로 모실게요. 처랑 병원 알아봤어요.

갑성　　병원은… 나 살만큼 살았다.

혜선　　아버지, 작은 오빠가 사온 셔츠 잘 어울린다.

갑성   두호야, 고맙다.

두호   아이, 아버지 왜 그러세요? 쑥스럽게.

혜선   작은 오빠, 양복 입은 거 나 생전 처음 보는데.

두호   아버지, 저 패션 컨셉 칼로 바꿨어요. 혜선아 멋있냐?

혜선   조금.

갑성, 일호가 사온 포도주 한 잔 마신다.

일호   어때요? 괜찮죠?

갑성   미란이가 할아비 걱정을 다하는구나. 잘 먹겠다고 전해
줘.

두호   (밖을 구경하며) 아버지, 이게 몇 평이죠? 한 천 평은 되겠
다. 혜선아, 저 산 라인 죽이지 않니? 그냥 동양화가 펼
쳐진다. 펼쳐져.

혜선   아버지, 어떻게 이런 명당을 구했어?

갑성   일호야, 너 술 하니?

일호   네, 심장에 좋다고 그래서 포도주만 조금 해요.

갑성   (일호 손을 잡고) 건강 조심해라. 건강 잃으면 끝이다. (어깨
를 다독이며) 일호야, 미안하다.

두호/혜선   당신은 사랑받기 위해 태어난 사람…

두호　이렇게 우리 가족만 있어 본 게 몇 년 만이죠, 아버지? 야, 옛날 생각난다. 아버지, 나 부탁이 있는데요. 찬송가 다른 것 좀 부르면 안 돼요? 아버지는 예배 볼 때마다 찬송가 460장. 근데 이거 포도주 먹고 취하면 지 아비 어미도 몰라보는데.

혜선　오빠, 영화에도 나오더라. 노숙자로.

두호　봤어? 야, 내 등짝 연기 죽이지 않든? 걸어가는 노숙자 뒷모습 한 컷에 인생을 그대로 압축하고 있지 않든?

혜선　아니.

두호　이런 확! 너 내 등짝 연기 영화판에 소문 쫙 났는데 모르는구나. 문제는 말이야. 감독들이 내 얼굴보다 내 등짝을 더 좋아한다는 게 문제지. 야, 이 포도주 맛있다.

갑성　(일어서며) 이 사람 뭐해? 여보! 여보!

갑성, 명자 데리러 나간다.

일호　혜선아, 김 서방 잘 있지?

혜선　응. 큰 오빠, 오빠도 이제 많이 늙었다. 이제야 작은 오빠 보다 더 늙어 보이네.

두호　형, 너무 했다. 나, 형 진짜로 보고 싶었는데. 연락 좀 하지? 아메리칸 라이프 스타일은 연락도 안 하고 사시나?
아무리 돈이 좋아도.

일호   미안하다. 처랑 다 잘 있지?

두호   형, 나 이혼한 거 몰라?

일호   미안하다.

혜선   (사이) 참, 작은 오빠 영화사 차린다며?

두호   어떻게 그렇게 됐다. 근데 쉽지 않네? 자본이 있어야지.
아버지가 형 도와준 돈의 100분에 1만 있어도….

혜선   영화 돈으로 하나? 아이템으로 하는 거지.

두호   애 사회생활 헛했네. 돈이야, 돈. 돈이 영화의 핵심이
야. 너, 제작자하고 현장 조명기사하고 뭐가 차이 난다
고 생각하니? 노동 강도로 보면 조명기사가 더 빽이 치
지. 근데 수익 발생하면 제작자는 제작했다고 돈 다 챙
겨. 작품의 기여도고 나발이고 없어. 이 어처구니 없는
구조를 정당화시키는 논리가 뭔지 알어? 다른 거 없어.
제작자는 돈을 땡길 수 있다는 거야. 돈! 형, 말 나온 김
에 돈 좀 있으면 우리 영화사에 투자 좀 해라.

일호   두호야, 넌 예나 지금이나 참 말 많다. 넌 무슨 할 말이
그렇게 많니?

두호   형, 난 예나 지금이나 형 꿍꿍이 속이 뭔지 도대체 모르

겠더라.

일호 미안하다.

두호 뭐가?

일호 혜선아, 니네도 요즘은 월급 받지?

혜선 뭐?

일호 미안하다.

혜선 뭐가? 참, 작은 오빠 언니랑 다시 합친다며? 같이 오지.

두호 아직, 어색한가봐.

혜선 어떻게 그런 비극적 결정을 했어?

두호 비극이 아니라 코미디다. 코미디. 근데 빵 동지 김 서방은 바쁜가봐?

혜선 다음 회의 자료 준비한다고 잠도 잘 못 자.

두호 아 치열한 인간. 난 니네 세대 생각하면 이 가슴 한가운데가 아려. 이유도 없이 쓰려. 그냥 아퍼. 술 한 잔 같이 해야 하는데. 본지 한 3년은 넘은 거 같다. 김서방 아직 교수 no?

혜선 그러게. 잘 안 되네. 보통 1억 달래.

두호 도둑놈들. 그럴 만도 한 게 요즘 유학 갔다 온 인간들이 좀 많냐? 야, 교수 그런 거 하지 말라고 그래. 그리고 막 말로 지금 교수하는 놈들 다 기회주의자들 아니니. 한

참 나라 힘들 때 피신하다시피 유학 갔다 와서 교수자
리 빌미로 돈이나 뜯어 먹는 놈들. 학생들 눈동자를 어
떻게 쳐다보는지 몰라? 얼굴 보기 민망하지도 않나? 허
긴 뭐 국적 포기하는 인간들도 있는데…. 야, 니네도 문
제 많다며? 환경운동 한답시고 기업들 협박해서 돈 뜯
어내고 떡 허니 소식지에 기업광고 실어 주고. 아이 소
식은? 인공수정 그게 그렇게 힘들다며?

혜선 오빠, 난 여자도 아닌가봐.

두호 김서방 물 뺀다고 병원에서 야한 책 좀 봤겠네? (손을 들
어 보이며) 안 되면 나 불러 서비스 해줄 테니까.

혜선 오빠!

두호 (일호 흉내) 미안하다.

갑성, 명자, 나온다.

혜선 저기요. 나 사무총장 됐어요.

두호 사무총장이면 실세 아니야. 야 이러다가 우리 혜선이
국회의원 되는 거 아니야? 너 전력도 화려하잖아. 나도
시민운동하는 거였는데. 내가 꿈이 아지테이터 아니었
냐? 프라우다 이스크라 다브리젠 야 플로레탈리아.

두호, 레닌 흉내를 낸다.

혜선   (웃다가) 오빠는 개그맨 했으면 딱이었는데.

두호   저 쓰레기. 자, 우리 건배 한 번 하죠. 신갑성 옹의 75세 생일을 축하하며. 자, 건배! 자 아버지의 장수를 위하여 잔을 들어라!

일동   아버지, 건강하세요. 아버지 생일 축하합니다.

사람들, 건배의 잔을 부딪친다.

혜선   오빠, 좀 천천히 마셔라. 술만 보면 사족을 못 써. 운전해야 되잖아?

명자   자고들 가라 술도 마시고 일호도 왔는데. 그리고 누가 술 마시고 운전하니?

혜선   가야 돼. 김서방 기다린단 말이야.

명자   이 애미 부탁인데 우리 식구 오랜만에 옛날처럼 한 이불 덮고 자자. (사이) 나도 한 잔 줘라

갑성   ….

명자   왜? 안 되니?

명자, 포도주를 연거푸 받아 마신다.

혜선   엄마!

갑성   여보, 괜찮아요?

두호   와, 엄마 요즘 너무 멋있는 거 아니야? 가출도 하고. 나 엄마 팬! 브라보! (사이) 근데, 아버지 할 말이란 게 뭐에요?

갑성   ….

두호   할 말 있어서 미국에 있는 형까지 부른 거 아니에요?

갑성   할 말?

혜선   어머니가 그랬어요. 아버지가 할 말이 있다고 꼭 오라고.

명자, 취했는지 콧노래 부른다.

갑성   할 말 있지. 내가 너희들한테 꼭 할 말이 있다. (사이) 우리, 노래방 가자.

사람들, 뜨악해 한다.

Insert Scene : 노래방

두호 만날 수 없잖아 느낌이 중요해

난 그렇게 생각해

너무 단순해도 나는 싫어 형!

한 번을 만나도 느낌이 중요해

난 그렇게 생각해

너무 빠른 것도 나는 싫어 형! 아이 씨!

(사이)

한 번을 만나도 느낌이 중요해

난 그렇게 생각해

너무 빠른 것도 나는 싫어. 현재의 사무총장 미래의 국
회의원 그래서 여성계의 쓰레기. 혜선이!

혜선 등이 휠 거 같은 삶의 무게여!

가거라 사람아 세월을 따라 모두가 걸어가는 쓸쓸한 그
길로. 엄마!

명자 연분홍 치마가 봄 바람에 휘날리더라….

명자, 노래하다 취했는지 쓰러진다.

9장. 싸움

두호　"연분홍 치마가 봄바람에 휘날리더라." 나 우리 엄마 노래하는 거 처음 봤는데, 잘해. 아 많이 잘해. (안방에 대고) 우리 엄마 멋있다. 오바이트까지 하시고.

혜선　엄마, 아버지 뭐해?

두호　또 문 걸어 잠그고 러브 하는 거야? 이거 홀애비는 서러워서 살겠나? 너무해.

일호　뒤라. 좀 쉬시게.

두호　형, 어떻게 사람이 노래 한 곡을 안 하냐? 완전히 나의 재롱잔치였잖아.

일호　니가 좋아서 한 거 아니야?

두호　형 사람이 어떻게 그렇게 쿨해? 아버지 생일인데, 몇 년 만에 와서 너무 한 거 아니냐? 왜 미국에서 일이 잘 안 돼? 형, 욕망이 파업 중이야? 형 너무 냉소적이다. 나 솔직히 말은 많지만 냉소는 없다. 혜선아, 21세기에 가장 문제 있는 휴먼 리액션이 뭐라고 생각하니? 냉소 아니니? 차. 찬 건 좋다고 쳐. 그 밑바닥이 뭐냐? 무책임 아니니? 문제 해결을 위해서 지는 아무것도 안 하면서, 그래 니네 잘 해봐라. 내 마음껏 비웃어주마. 진짜 요즘 말로 절라 재수 없는 거지.

일호 재수 없으면 너도 비웃어. 입 아프게 떠들지 말고.

두호 그래? 혜선아, 술 좀 더 하자. 냉소로 얼어붙은 이 내 가슴 술로 녹여보자. 그리고 어차피 집에 가기 튼 것 같다. 포도주 남은 거 있지?

일호 그만 마셔.

두호 야, 포도주가 술이냐? 가지고 와. (버럭) 가지고 와!

일호 (혜선이 일어나자) 앉어. 그만 마셔. 그거 아버지 약으로 가지고 온 거야. 먹고 싶으면 사다 먹어.

혜선 오, 병 주고 약 주고. 오빠, 걱정 마. 내가 더 좋은 거로 사다 아버지 드릴 테니까.

혜선, 포도주 가지러 간다.

두호 형, 우리 집의 비극이 어디서부터 시작된 줄 알어? 그건 형이 너무 공부를 잘했기 때문이야. 형이 조금만 공부를 못했어도 아버지가 목회자, 형 목회자 시켰을 텐데. 형,

수학경시대회 나가서 전국 1등 했던 거 기억나? 아버지 교회에다가 감사헌금 엄청 했잖아. 그뿐이야. 아버지 동네방네 플래카드 붙여놓고. 나도 그때 우쭐했다니까. 형 때문에. 난 형이 제 2의 빌게이츠가 될 줄 알았다니까. 형, 애들은 괜찮아? 이민 간 애들 마약 많이 한다던데.

일호 다 너 같은 줄 아니?

두호 어련하시겠어. 누구 자식인데. 형, 국적 포기하는 인간들에 대해 어떻게 생각해?

일호 ….

두호 형은 좋겠다. 아들놈 군대 안 가서. 형도 애들 국적 포기시킬 거지?

혜선, 포도주를 가지고 나온다.

일호 ….

두호 형이 보기엔 우리나라 좆도 희망 없지? 혜선아, 너도 대한민국이 좆도 희망 없어 보이냐? 그러고 보니 형이 아버지 쓰러뜨리고 미국으로 날은 것도 5년이 넘었네. (사이) 얼마 전에 텔레비전 보니까 한국에서 학원 강사 하는 미국놈이 그러더라. 한 달 평균 50명의 한국 여자와

자준다고. 꼬시는 것도 아니고 자준대… 개새끼들. 좆
같은 새끼들. 혜선아, 너 미국에 대해서 어떻게 생각하
니? 아메리칸 글로발 팔러시에 섬씽 굳이 있니?

혜선 Nothing. All Bad! 걔네 정책에 무슨 선의가 있어. 다
잡아 죽이자는 거지.

두호 That's left. 형, 나와. 거기 안 봐도 비디오야. 존심도
안 상해? 더러운 미국 땅에서 나와. 나오라고.

일호 언제 터질지 모르는 화약고에, 남 잘되는 거 눈꼴사나워
깎아대고 씹어대는 이 저열하기 짝이 없는 한국에, 사기
꾼만 드글거리는 대한민국에 내가 왜 나오니? 그리고 냄
새 나. 이 나라는 아주 공항부터 썩은 내가 진동해.

두호 형 눈엔 한국 사람이 다 사기꾼 같지? 한국 사회가 다
썩어 문드러진 거 같지? 말이야 바른 말이지 한국에서
사고치고 도망가는 데가 미국 아닌가? 형같이 무책임
한 인간들 우글거리는 데가 미국 아니냐고.

일호 그만하자. 나 피곤하다. 나도 힘들어.

두호 힘들겠지. 뭐, 보안업체? 형. 마셔! (버럭) 마셔! (사이) 미
국에 있는 친구가 그러더라. 자기 자식 학원 수학선생
이 신일호라고. 어디서 많이 들어 본 이름 아니니? 신일
호! 나 깜짝 놀랐어!

일호 그래, 나 미국에서 한인 애들 상대로 수학 가르친다. 그래, 나 미국에서 살아보려고 별짓 다 했다. 영주권 얻으려고 닭똥도 치우고 토마토 농장에서 물집 잡히도록 일도 했다. 그래, 조국이 나를 버려서 이 좆도 희망 없는 한국이 나를 버려서. 대한민국 치가 떨려. 너, 나 밤잠 못 자면서 연구한 거 알잖아. 빚은 빚대로 늘어나고 믿었던 직원들은 배신 때리고 정보는 새고. 난 내가 할 수 있는 최선을 다 했어. 알어?

두호 그래서 미국으로 도망쳤니?

일호 어쩔 수 없었어.

두호 형이 책임을 졌어야지. 빵에 가든. 중이 되든. 혼자 살겠다고 튀어?

일호 나도 피해자야.

혜선 오빠는 수혜자 아니야? (술을 마시고) 살다보니 조카가 사준 술도 다 먹네. 오빠, 왜 왔어? 썩은 내 나는 한국에, 공항부터 썩은 내 진동하는 이 땅엔 왜 왔어?

일호 니들 정말 왜 그래? 오늘 아버지 생일이야. 생일. 그리고 나도 자식이라고. 자식.

혜선 아, 그래서 아버지 죽을 날 얼마 남았나 확인하러 왔구나.

일호 뭐? 너 이리 와. 이리 와 봐.

두호 야, 씨발 신일호. 너 혜선이 건드리면 죽는다.

일호 뭐? 이 새끼가.

일호와 두호, 멱살잡이를 하고 싸우려고 한다.

갑성 (나오며) 그만들 두지 못해! 지금 뭐하는 짓들이야? 그래 내가 죽을 날이 얼마 안 남아서 얼굴 좀 보려고 불렀다. 됐니? 됐어? 이것들아! 그래 빨리 우리 계산 끝내고 가자. 앉어!

갑성, 녹음기를 튼다.

소리 본인 신갑성은 상속인들에게 본인 소유의 재산을 아래와 같이 분배한다. 부인 명의로 된 단독 전원주택은 그 명의를 본인 사후에도 유지 존속시키며, 본인 사망시 은행 잔고 및 기타 동산은 처와 첫째 아들 일호, 둘째 아들 두호, 딸 혜선이 이상 4명이 똑같이 분배한다. 그리고 가족 모두가 신앙 안에서 복되게 살아가길 이 자리를 빌어 당부한다.

갑성　(녹음기를 끄며, 사이) 그리고 부탁이 하나 더 있는데, 나 죽으면 화장해서 마당에 있는 나무 밑에 묻어 줘라. 니네 엄마랑 같이.

두호　(사이, 어이없어 하다가) 아버지, 고작 할 말이란 게 이런 거였어요? 아버지, 이건 외화유출이에요. 외화유출!! 왜 이런 유치한 짓을 하시는데요? 아버지, 정말 잔인해요.

일호　유치한 게 아니야. 클리어한 거지. 왜? 너는 아버지가 딴 말을 할 줄 알았니? 너도 알고 온 거 아니야? 그 정도는 예상했을 거 아니야? 아닌 척하지 마. 역겨우니까.

두호　야, 너 미국 사람 다 됐구나. 클리어? 이게 미국식 정의냐? 너처럼 집안 말아먹은 사람은 상속권리도 없는 거 아니냐? 너는 말할 자격 없어. 오늘 이 자리 이 상황. 이 말도 안 되는 유언을 아버지한테 하게 만든 장본인이 바로 너란 것만 클리어해. 알어? 이 바보 같은 짓거리에 끼어든 내가 정말 더러워서 견딜 수가 없다. 아 씨발 나보고 어쩌라고? 나한테 해 준 게 뭐냐고 넋두리라도 늘어놓으라고?

혜선　난 또 무슨 말이라고? 난 아버지한테 바라는 거 하나도 없다. 그 더러운 돈 줘도 안 받는다. 아버지가 어떻게 번 돈인데, 깡패들 데려다가 철거민들 두들겨 패면서

모은 돈. 딸년 운동한다고 우산으로 패면서 모은 돈. 주
님한테 빌고 빌어서 번 돈. 그 돈을, 그 더러운 돈을 내
가 받으라구? 난 큰 오빠가 아버지 돈 날렸을 때 속이
다 시원했어.

일호   그만해. 아버지는 잘못한 거 없어. 너희들도 알잖아? 아
버지가 되면 강도짓 해서라도 애들 먹여 살려야 하는
거? 니들은 아버지 욕할 자격 없어. 아버지가 뭐니? 그
래, 니네 말대로 이 좆같은 한국 사회에서 아버지가 된
다는 게 뭐니? 더러운 돈? 뭐가 더러워? 산다는 게 더러
운 거야. 생활이 더러운 거야. 패고 뺏고 속이고 곪아
끙끙거리고 아버지가 된다는 게 더러운 거야. 그 더러
운 돈으로 먹고 입고 학교 가고 좀 배웠다고 훈계하려
고 들고. 니들은 안 더러워? 니들은 그렇게 깨끗해? 시
민단체에다 후원금 몇 푼 내놓고 엄청난 일 한 것처럼
생색내면서, 그래도 허하면 발렌타인 까면서, 아 옛날
이여 감상에 젖으면서, 어찌해서 집 한 채 마련하면 그
알량한 집값 떨어질까봐 노심초사하면서, 집값 떨어뜨
리는 그 어떤 정권, 정당, 정책에 다 반대하면서! 니들
도 그 더러운 아버지가 못 돼 안달이잖아.

두호   아이고 더러워라, 아이고 더러워. 그래, 나도 내가 더러

워서 미치겠다. 더러운 돈 좀 받아보겠다고 여기 있는 내가 더러워 미치겠다. 더러운 돈, Das Capital에 미친 내가 더러워서 견딜 수가 없다. 정말 나를 Delete 하고 싶다.

갑성　그만들 해. 그만….

두호　(술을 마시며) 발렌타인 까면서, 감상에 젖으면서. 하지만 그것은 문제가 되지 않아. 플로레탈리아.

명자, 술이 덜 깼는지 나와서 돌아다니며 춤추며 노래한다.

"연분홍 치마가 봄바람에 휘날리더라. 오늘도 옷고름 입에 물고 산 제비 넘나드는 서낭당 터에…"

혜선　미쳤어. 다 미쳤어. 대한민국도, 우리 집안도, 우리 남편도. 나도 미쳐 버리고 싶다.

두호　미쳤다 미쳤다 하지만 그것은 문제가 되지 않아. 플로레탈리아.

혜선　엄마, 미쳤다. 엄마, 미쳤다. 진만 씨 미쳤다. 그래, 그 더러운 아버지 되겠다고 안달하다 미쳤다. 미친 척하다가 집 나간 지 반 년도 넘었다. 인공수정 한다고 병원 갔다 와서 그 사람 밤마다 소리쳤다. 누가 자기를 잡으러 온다고. "여보, 정신 차려. 여기 집이야. 여기 당신 고문할 사람 아무도 없어." 그러다 사라졌어. 그 사람. 근데 누가 그 사람 봤다 그래서 찾아갔더니 젊은 애랑 살고 있어. 그것도 배부른 애랑. 나를 보고 몰라봐. "여보 나야, 당신 아내 혜선이! 당신 지금 일부러 그러는 거지? 당신, 힘들어서 이러는 거지?" 내가 잡아 끌면서 그랬어. "그만하고 집에 가자. 집에!" 근데 그 사람 울면서 그래. "쉬고 싶어요. 저 쉬고 싶어요. 저 다 싫어요. 여보, 나 애 낳겠다고 병원 가 골방에 처박혀 물건 만지작거리기도 싫고, 교수 되겠다고 맘에도 없는 술자리 찾아다니기도 싫고, 하여간 다 싫어. 다 싫어. 너도 싫어. 나도 싫어. 다 싫어."

두호　감상에 젖으면서. 포도주 까면서. 하지만 그것은 문제가 되지 않아. 플로레탈리아!

혜선　아버지 기억 나? 나 빵에서 형 살고 나왔을 때 아버지가 나한테 어떻게 했는지? 똥 냄새 풀풀 풍기며 집에 왔을 때 아버지가 어떻게 했는지 알어? 엄마가 말리는데도 나를 우산으로 나를 우산으로….

일호　넌 맞아도 쌌어. 그래, 그때 너 아버지한테 뭐라고 그랬는지 알어? 파쇼의 똥개! 파쇼의 똥개! 니가 어떻게 아버지한테. 니가 어떻게 아버지한테….

혜선　그래, 아버지도 그놈들이랑 똑같아. 패고, 윽박지르고, 같은 말 반복하고. 아버진 20년 넘도록 나한테 미안하단 소리 한 번도 안 했어. 난 아버지가 단 한 번이라도 잘못했다고 빌 줄 알았다. 하나님이 아니라 우리한테. 난 그 말 하려고 부른 줄 알았다.

갑성　(무릎 꿇고 울면서) 미안하다. 혜선아. 내가 미안하다. 내가 잘못했다. 아버지 하나님 이 죄인을 용서하세요.

두호　미안해. 미안해. 하지만 그것은 문제가 되지 않아. 자 손을 높이 들고. 그래도 우리는 절대 죽지 않아. 플로레탈리아.

혜선　그래, 이제 나도 좀 쉬고 싶다. 우리 집도 싫고, 이놈 저놈한테 맞아서 애도 못 갖는 내 몸도 싫고, 그놈이 그놈 같은 우리나라도 싫고, 남자보다 더 남자 같은 나도 싫고….

두호　싫다. 싫어. 하지만 그것은 문제가 되지 않아. 자 손을 높이 들고. 그래도 우리는 절대 죽지 않아. 플로레탈리아.

혜선　이제 다 그만하고 싶다. 자고 싶다. 그래 아버지가 죽어버렸으면 좋겠다. 죽고 몇 푼이라도 받아서 나도 진만 씨처럼 미친 척하고 쉬고 싶다. 아니 나도 진짜 미치고 싶다.

일호 아버지, 일어나세요. 제발 그만들 좀 해.

두호 일어나. 일어나. 하지만 그것은 문제가 되지 않아. 자손을 높이 들고. 그래도 우리는 절대 죽지 않아. 플로레탈리아.

일호 그래 내가 다 잘못했어. 정말 미안하다. 우리 집안 이 지경으로 만들어서. 두호야, 미안하다. 혜선아, 정말 미안하다.

두호 미안해. 미안해. 하지만 그것은 문제가 되지 않아. 손을 높이 들고. 그래도 우리는 절대 죽지 않아. 플로레탈리아.

일호 그러니까 제발 그만들 좀 해. 이런 모습 보여 주려고 날 부른 거야? 아버지, 제발 일어나세요.

두호 (포도주를 바닥에 뿌리며) 분위기 좋다. 씨발!

갑성 미안하다, 혜선아. 미안하다, 두호야. 미안하다, 일호야. 이, 아버지가 다 잘못했다. 용서해라.

명자 (춤추다 갑성을 끌어안고 눈물을 흘리며) 미안하다. 자식들아. 이 어미가 다 잘못했다. 아버지 용서해라. 두호야, 혜선아, 일호야, 용서해라. 다 내가 못나 생긴 문제다. 이 어미 용서해라. (사이) 여보, 우리 양로원 들어 갑시다.

10장. 모정

비가 오고 있다.

먼저 일어나 거실에서 한 이불 덮고 자고 있는 가족들을 살피다 안
락의자에 앉는 명자.

갑성, 일어나 안락의자에 앉는다.

갑성　　여보, 괜찮아?

명자　　….

갑성, 말없이 기독교 방송을 틀어 놓고 성경책을 본다.

명자　　(라디오를 끄며) 애들 자잖아요. (사이) 여보, 아침에 애들 잣
죽 괜찮겠죠?

II장. 최후의 만찬

두호   아이고 골이야. 형, 내가 그랬잖아. 포도주 마시면 아비
       어미도 몰라 본다고. 아 이거 아침부터 비가 오고 그러
       냐? 에라 그냥 퍼져?

혜선   (반찬 놓으며) 비 오니까 여기 더 운치 있는데. 아버지.

일호   두호야, 밥 먹기 전에 너한테 할 말 있다. 너 아버지가
       널 얼마나 아꼈는지 모르지? 너는 모를 거다. 너 아주
       어릴 때, 난 아직도 생생해. 너 설사 심해 항문 다 헐고
       휴지도 못 쓸 때 아버지가 어떻게 하셨는지 알어? 혀로
       그 똥을 다 닦았어. 아버지가. 니 항문 아물 때까지.

두호   정말? 거짓말! (갑성을 쳐다보며) 아버지, 제가요 요즘 술
       많이 먹어서 치질인데….

갑성   미안하다. 너, 어머니 잘 모셔라. 나 죽고 나도.

일호   제가 모시고 갈게요.

두호   어머니, 미국 싫어하실 걸.

일호   아니면 그 참에 나오지. 아버지, 아버지한테 말 안 한

게 있는데요. 사실 저 아버지가 교회 회계 볼 때 아버지 가방에서 돈 여러 번 훔쳐다 썼어요. 그 돈으로 친구들 이랑 수영장 가고….

두호　　형이?

갑성　　알고 있었다.

일호　　네?

명자, 잣죽을 들고 나와 놓는다.

갑성　　기도합시다.

두호　　잠깐만 아버지. 나도 기도하기 전에 할 말 있는데, 사실 나 아버지가 헌금하라고 준 돈 한 번도 교회에 낸 적 없어. 그 돈 모아서 기타 산 거라니까. 그럼 형하고 나는 천국을 턴 강돈가?

일동, 말이 없다.

혜선　　나도 기도하기 전에 할 말 있어. 나 진만 씨 말고 딴 남자랑 잔 적 있어.

일호　　니가?

두호 혜선아, 그거 동성애 아니니? 잘됐네. 연락해.

갑성 기도합시다. 여보!

명자 하나님 아버지 감사합니다. 우리 가정을 사랑으로 인도
해주시고 늘 주님의 평화 속에 살게 해주심을 감사하옵
고 감사하옵니다. 오늘 이 자리를 떠나 각자의 자리로
돌아갈 때도 주님 이들을 보살펴 거듭나는 삶을 살게
해주시기를 바라옵고 원하옵니다. 이 음식 먹고 마실
때마다 우리를 죄에서 구원하신 우리 주 예수 그리스도
의 이름으로 기도합니다. 아멘.

식사를 시작하는 가족들.

갑성 당신도 들어요.

명자, 일어난다.

갑성 어디 가요?

명자 만복이 밥 좀 주게요.

명자, 나간다.

갑성　두호야, 너 섭섭할지 모르지만 니 형이 손 벌린 게 아니라 내 욕심에 니 형 도운 거였다.

두호　알아요. 저도. 형하고 아버지는 늘 심각했어. 나보고 늘 실없는 놈 된다고 웃기는 짓 그만 하라고 했잖아. 사람들이 얕잡아 본다고. (사이) 형, 왜 시골에 별이 많은 줄 알아?

일호　글쎄, 대기 오염이 안 되서?

두호　아니, 처녀들이 없어서 별이 많은 거야. 처녀들이 없으니까 총각들이 별 딸 일이 없는 거지.

혜선　오빠!

두호　이건 웃을 걸. 옛날에 부부싸움 심하게 하는 노부부가 살았는데, 싸울 때 서로 때리고 할퀴고 말도 아니었대요. 그래 할아버지가 동네 사람들 보는 데서 그랬대. "이 할망구야. 너 내가 죽어서 가만 있을 거 같애. 내가 관뚜껑 열고 무덤 파고 나와서 니년 목을 확 비틀어 버릴 거야. 이년아." 근데 이 할아버지가 죽고 장사까지 치렀는데 이 할머니가 싱글벙글 웃고 다니더란 거예요. 그래서 사람들이 물어봤지. 할머니 안 무서워요? 할아버지가 무덤 파헤치고 나와서 목을 확 비틀어 버린다고 했잖아요? 그러자 할머니가 뭐라 그랬을까요? "응 그래서 내가 관을 뒤집어서 묻었지.”

일호　너도 여전하구나.

두호　형도 여전해. 형, 솔직히 말해서 웃기지? 그렇지? 아버지 하고 형의 문제는 웃을 줄 모른다는 거야. 웃으면 암도 낫는데요. 근데 치질은 왜 안 낫지? 내 치질은 누가 치료해주나? 여러분?

두호, 일호와 갑성을 간지럼 태운다.

두 사람, 웃는다.

웃으며 잣죽 먹는 사람들.

혜선　맛있다. 오빠 준비 중인 영화 제목이 뭐라고?

두호　‘이별하는 남자’ 로맨틱 코미디야.

혜선　그거 우리 남편 얘긴데. 하하.

사람들, 죽을 먹고 괴로워한다.

명자, 들어온다.

명자　(가족 사진 앞에서) 여보, 조금만 참아요. 그럼 아주 편해질 테니. 이 집도 사라질 거고. 우리 가족도 사라질 거예요. 미안하다. 애들아. 이래야 우리 가족 모두 천국에 갈 수 있지 않겠니? (테이블로 가 잣죽을 먹고) 일호야, 두호야, 혜선아. 그래도 우리 사는 동안 즐거웠지? 이 엄마 용서해라.

신음과 비명을 지르면서 하나 둘씩 쓰러지기 시작한다.
단말마의 비명과 몸짓들이 아비규환을 만든다.
지하실에서 올라오는 연기와 불빛.

명자 (의자에 앉아서) 용서? 나, 당신 다 용서했어요. 아니 이제 당신이 나를 용서해 줄 차례에요. 처음 당신 보고 나서, 나 당신 얼굴이 자꾸 떠올랐어요. 임신해서 배는 부른데, 나도 모르게 자꾸 자꾸 고개가 당신 집으로 향하고… 여보, 용서해요. 내가 당신을 마음에 품은 것을 용서하고 당신을 따라 나선 것을 용서하고 내가 당신 자식을 낳고 기른 것을 용서해요. 용서해줘요. 여보, 우리 다시 만날 수 있을까요? 여보, 우리 다시 시작할 수 있을까요? 여보, 우리 정말 다시 시작할 수 있을 거예요. 이 모든 죄악이 타버리면, 이 모든 죄악이 사라지면, 이 모든 죄악에서 벗어나면… 여보 그렇죠? 여보, 당신 벌

써 하늘나라로 간 거예요? 일호야! 두호야! 혜선아! 잘 쉬고 있지? (빗소리, 일어나서) 봐요. 여보, 비가 와요. 그때처럼 비가 와요. 이제 우리 가족 물과 불로 거듭나는 거예요. 여보, 당신 기쁘죠? 당신, 춤추고 싶죠? 애들아 니들도 기쁘지? 자, 우리 모두 춤추자. (사진액자를 품에 안고 춤추며) 비가 오고 바람이 불고 봄이 오고 꽃이 피고 아가는 자라고 나들이 가고 내가 비인 듯 당신이 꽃인 듯 바람이 불면 바람이 되고 바람이 나인 듯 당신이 나인 듯 나나나나 나나나나나나

타오르는 불빛.
가득한 연기.
빗소리.

끝.

공연예술신서 · 67

부정 │김태웅 희곡집 · 4

초판 1쇄 인쇄일   2013년 8월 10일
초판 1쇄 발행일   2013년 8월 15일

지 은 이   김태웅
만 든 이   이정옥
만 든 곳   평민사
           서울시 서대문구 남가좌2동 370-40
           전화: (02)375-8571(代)   팩스: (02)375-8573
           http://blog.naver.com/pyung1976
           E-mail pyung1976@naver.com

등록번호   제10-328호

  ISBN   89-7115-599-8   04800
  ISBN   89-7115-551-6   (set)

정   가   9,000원